ESPOSA EN LA SOMBRA
SARA CRAVEN

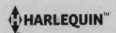

HARLEQUIN™

Editado por Harlequin Ibérica.
Una división de HarperCollins Ibérica, S.A.
Núñez de Balboa, 56
28001 Madrid

I.S.B.N.: 978-84-9170-583-3
Depósito legal: M-31093-2017
Impresión en CPI (Barcelona)
Fecha impresion para Argentina: 23.7.18
Distribuidor exclusivo para España: LOGISTA
Distribuidores para México: CODIPLYRSA y Despacho Flores
Distribuidores para Argentina: Interior, DGP, S.A. Alvarado 2118.
Cap. Fed./Buenos Aires y Gran Buenos Aires, VACCARO HNOS.

Capítulo 1

Abril

Eran los pendientes más exquisitos que había visto en su vida. Los diamantes brillaban de tal manera, que se preguntó si se quemaría al tocarlos. Pero, en realidad, eran fríos, pensó mientras se los ponía; fríos como el resto de las joyas que le habían regalado en los últimos e interminables meses; fríos como el vacío que sentía en el estómago al pensar en la noche que la esperaba y sus posibles consecuencias.

Agarró el colgante, que había sido un regalo anterior, y se lo dio a Donata, la doncella, para que se lo abrochara. Después se levantó del tocador y se acercó al espejo de cuerpo entero que había en la pared de al lado para someter su imagen a un examen crítico.

El negro era obligatorio aquella noche. Ni el color ni el estilo del vestido le gustaban especialmente. Hacían que pareciera mayor de los veintitrés años que tenía y transmitían una sofisticación de la que carecía. Pero como muchas otras cosas en su vida, no los había elegido ella. Además, pensó con ironía, ¿desde cuándo una marioneta elegía sus vestidos?

Llevaba el pelo recogido en un moño y se había

maquillado haciendo resaltar sus ojos de color gris verdoso.

Y en el cuello y las orejas brillaban los diamantes como el hielo a la luz del sol invernal.

Oyó que Donata tosía y vio que miraba el reloj.

Era hora de comenzar otra representación. Agarró el bolso, salió de la habitación y llegó a las escaleras al tiempo que oía cerrarse otra puerta.

Se detuvo, como hacía siempre, mientras lo observaba acercarse, alto, delgado y elegante, con movimientos tan ágiles como los de una pantera.

Él también se detuvo y asintió levemente para indicarle que su apariencia contaba con su aprobación. Después bajaron juntos, pero con la suficiente distancia entre ambos para que la manga de él no rozara el brazo de ella.

Al llegar al vestíbulo, él se volvió hacia ella y dijo en voz baja:

—Esta noche.

Ella sintió un escalofrío que se transformó en miedo.

Junio del año anterior

Le habían tendido una emboscada. Se percató al entrar en el salón y ver que su abuela, la condesa Manzini, no estaba sola como había creído. Su hija, la *signora* Luccino, estaba sentada a su lado.

—Abuela querida —se acercó a ella y le besó la mano—. Y tía Dorotea —inclinó cortésmente la cabeza—. Qué agradable sorpresa.

En cierto sentido, era verdad. No esperaba encontrar allí a la hermana mayor de su difunto padre, la imponente matriarca que gobernaba a su numerosa familia como una déspota. Pero dudaba que a ninguno de los dos le resultara placentero aquel encuentro.

–*Caro* Angelo –Cosima Manzini le indicó que se sentará en el sofá frente a ella–. Tienes muy buen aspecto.

–Gracias. Gozo de excelente salud, probablemente debido más a la buena suerte que a mi buen juicio, como estoy seguro de que tía Dorotea querrá aclarar.

–No creo que participar en una carrera de caballos privada cuando te estás recuperando de la dislocación del hombro que sufriste en el partido de polo demuestre que tienes algún tipo de juicio, querido Angelo –dijo la *signora*.

–Pero habían apostado mucho dinero para que ganara. Incluso había apostado tú, tía, según mi primo Mauro. Así que hubiera sido una descortesía defraudar a la gente.

La expresión de la *signora* manifestó claramente que Mauro pagaría por su indiscreción.

–Corriste un gran riesgo, *caro* –añadió su abuela.

–Un riesgo calculado, abuela.

–De todos modos, querido, hay un asunto que debes considerar seriamente.

Angelo apretó los labios.

–Supongo que te refieres de nuevo al matrimonio.

–Tengo que hacerlo –Cosima se inclinó hacia delante con ojos implorantes–. No deseo inmiscuirme en tu vida ni que te enfades, pero ya hace dos años que tu amado padre murió y que eres conde. Necesitas un heredero para el título.

—Conozco mis obligaciones, abuela, pero no me atraen mucho.

—No —dijo su tía—. Prefieres jugar con las esposas de otros en ves de buscarte una. No lo defiendas, mamá —añadió con brusquedad cuando la condesa trató de hablar—. Es la verdad y lo sabe.

—Está muy bien que te tomes tanto interés en mi vida privada —masculló él.

—Como si fuera privada —respondió ella—. Me temo que será cuestión de tiempo que una de tus aventuras se convierta en un escándalo público. Y no podrás culpar a nadie salvo a ti mismo si la marca Galantana sufre las consecuencias.

—Hacemos ropa para la industria de la moda, tía, no sotanas. Dudo que lo que se diga de mí como presidente de la compañía influyan en que una chica compre una falda de nuestra marca o de otra. Puede que incluso las ventas aumenten.

—Eres increíble —su tía agarró el bolso y se levantó—. No tengo paciencia para hablar contigo.

—Y a mí se me está agotando para seguir escuchándote. Ocúpate de encontrar una esposa para Mauro.

Ella le dirigió una mirada furiosa y salió de la habitación.

—No has sido muy amable —observó su abuela.

—Sin embargo, es la verdad, algo que ella afirma admirar tanto. Le mandaré flores para hacer las paces —se calló durante unos segundos y luego suspiró irritado—. Estoy seguro de que no ha venido para sermonearme por mis pecados. Es indudable que tiene una candidata para que sea mi esposa.

—En efecto, me ha hablado de… alguien.

La expresión de Angelo se relajó.

–Por supuesto. ¿Y no vas a decirme su nombre?

–Se llama Elena, Helen en su lengua.

–¿Una chica inglesa? –no ocultó su sorpresa.

–Con sangre italiana. Su abuela, Vittoria Silvestre, fue muy buena amiga mía, y Dorotea también le tenía afecto. Se casó con un inglés y una de sus hijas se casó con otro llamado Blake. Se fueron a vivir cerca de Génova, pero, por desgracia, se mataron en un accidente de automóvil. Elena, su única hija, vive en Roma y trabaja de traductora en una empresa de publicidad.

–¿Trabaja? –Angelo enarcó las cejas–. Así que no es solo una cara bonita, como dicen los ingleses.

–Eso lo juzgarás tú mejor que yo. Me parece que la conoces.

–¿Ah, sí? No la recuerdo.

–Estaba en una cena a la que acudiste en casa de Silvia Alberoni, un nombre que te resultará conocido. Y ciertamente, una cara bonita.

Angelo maldijo en silencio a su tía Dorotea al tiempo que se preguntaba cómo había conseguido la información. Pensó que, en el futuro, debería ser más cuidadoso.

Silvia, casada con el rico pero soso presidente de una empresa de contabilidad, era joven, guapa y se aburría. Cuando se conocieron, Angelo notó que estaba dispuesta a hacer travesuras. Posteriores encuentros íntimos le demostraron que era tan ardiente y tenía tanta inventiva como había imaginado, y su aventura prosperó.

Hasta entonces había creído que era un secreto, motivo por el que se había arriesgado a aceptar su invitación a la cena. La mayor parte de los invitados pertenecía al mundo de las finanzas, pero recordó que había una chica callada y de aspecto anodino sentada al otro extremo de la mesa.

—Mi tía es muy amable al pensar en ella, pero necesito que una mujer tenga un mínimo de personalidad para casarme con ella. Aquella invitada parecía no existir, no era atractiva ni le importaba a nadie.

—Lamento oírlo. No pensaba que la nieta de Vittoria pudiera carecer de todo atractivo. Pero la decisión es tuya, cuando decidas tomarla —hizo una pausa—. Toca la campanilla, *caro mio*, y María traerá el café.

Y la conversación, con gran alivio por parte de Angelo, derivó hacia otros temas.

Pero eso no significaba que se hubiera librado, pensó mientras conducía de vuelta a casa. Y en muchos sentidos, su abuela y su entrometida tía tenían razón: debería estar casado. Y si eso era posible sin tener que abandonar los placeres de la vida de soltero, se lo propondría a la primera mujer adecuada que viera.

Pero le disuadía el hecho de que las sumisas novias de algunos de sus amigos se hubieran convertido en esposas controladoras antes de la luna de miel, lo cual no estaba dispuesto a soportar.

Le gustaban las mujeres y el placer que le proporcionaban, y siempre se aseguraba de devolvérselo, aunque nunca se había enamorado de ninguna de las que habían compartido su cama ni había pensado en tener un futuro con ellas.

No hacía promesas y dejaba claro que tampoco las esperaba.

Además, algo en su interior le indicaba cuándo una relación había agotado su curso y debía concluir de forma generosa y definitiva.

Y se temía que la relación con Silvia estaba llegando a ese límite.

Era una amante apasionada e insaciable, pero ese sexto sentido le indicaba que ella estaba planeando desempeñar un papel diferente en la vida de él si podía apartar a su rico marido. Incluso había hablado de «anulación» en tono ligero y divertido, al referirse a que, después de dos años y medio de matrimonio, no se había quedado embarazada.

—Alguien me dijo que el cuerpo de una mujer puede rechazar la semilla de un hombre al que no ama. ¿Crees que es verdad, *amore mio*?

Él se había contenido para no contestarle que era una estupidez y le había murmurado algo sobre la extrema sensibilidad de las mujeres que pareció satisfacerla. Pero habían saltado todas las alarmas. Al igual que cuando ella había pronunciado la palabra «amor», que él evitaba en todas sus relaciones.

Pero más alarmante resultaba la posibilidad de que circularan rumores sobre ellos. Si su tía se había enterado de la relación, otros podían haberlo hecho, y al final Ernesto podría acabar enterándose.

Angelo lo negaría, desde luego, pero no sabía si podía fiarse de que Silvia hiciera lo mismo y no lo considerara una oportunidad de librarse de un matrimonio decepcionante y de encontrar un marido más de su gusto. Y existe el grave peligro de que deseara que fuera él, pues ya había manifestado su desilusión por no haberlo conocido cuando ella era todavía «libre».

Silvia, a pesar de que era hermosa y divertida, no estaba hecha para ser una buena esposa; al fin y al cabo no había tenido reparos en ponerle los cuernos a Ernesto. ¿Y quién podía asegurar que no volvería a hacerle lo mismo a otro marido si se le presentaba la ocasión?

Además, había otra razón para evitar un escándalo, sobre todo en aquel momento. La calidad de la marca Galantana había salvado a la empresa de las peores consecuencias de la recesión global hasta el punto de que se estaban planteando expandirse, para lo cual necesitaban financiación para las fábricas de Milán y Verona.

Por ello había aceptado la invitación de Silvia a cenar, ya que sabía que acudiría el príncipe Cesare Damiano, director del banco Crédito Europa, con quien ya había iniciado negociaciones. El príncipe era un hombre culto y encantador, pero chapado a la antigua en cuestiones morales.

Un desliz por su parte podía dar al traste con el acuerdo, por lo que se imponía un periodo de celibato. Casarse era una oportuna salvaguarda.

Entró en el aparcamiento de su piso y tomó el ascensor hasta la última planta. Salvatore, su criado, lo esperaba para que le diera la cartera y la chaqueta.

–Ha habido dos llamadas, Excelencia. También ha llegado una nota –hizo una pausa–. ¿Saldrá Su Señoría a cenar esta noche?

–No, cenaré aquí –contestó Angelo, mirando el sobre malva que había en la mesa del vestíbulo–. Algo ligero, Salvatore. No tengo hambre. Mientras lo preparas voy a meterme en la sauna.

Se desnudó en su dormitorio y fue a la cabina de madera que había al lado del cuarto de baño. Extendió una toalla en el banco de madera, se tumbó, cerró los ojos y dejó vagar sus pensamientos.

Si se casaba, tendría que tener en cuenta una serie de asuntos prácticos; el más urgente era la vivienda, porque aquel piso era su piso de soltero y no tenía intención de deshacerse de él.

Sería mejor vivir en la finca que tenía en las colinas, a la salida de Roma, que además era un lugar mejor para criar al hijo que esperaba tener. O lo sería cuando hubiera desterrado para siempre la melancolía por la muerte de su madre, que le había impedido ir allí en los últimos años.

Su padre, a quien la pena había hecho recluirse en la casa, de repente había comenzado a reformarla, pero las reformas habían cesado con su muerte, y Angelo pensó que era hora de terminarlas de una vez.

Era extraño estar haciendo planes para una mujer a la que ni siquiera conocía. Pero, como condesa Manzini, pronto aprendería sus deberes y responsabilidades, así como las ventajas de su nueva situación, pues él tenía la intención de ser generoso y considerado.

Aunque no pudiera darle su amor, sentimiento que dudaba poder experimentar, le ofrecería respeto y todas las comodidades que deseara. Y fingir cierta pasión no le resultaría difícil. Además, si era guapa, no tendría que fingir.

Se incorporó bruscamente mientras se maldecía en silencio. Teniendo en cuenta que no iba a ser un marido perfecto, ¿por qué esperaba encontrar la esposa ideal?

Como no conseguía relajarse, salió de la sauna, se dio una ducha rápida, se puso unos vaqueros y una camiseta y fue al salón.

Como había previsto, los dos mensajes eran de Silvia, así como la carta. Su escapada a Toscana, donde había pasado el fin de semana, y el hecho de no haberse puesto en contacto con ella al volver la habían disgustado. Estaba comenzando a considerarlo de su propiedad, y aunque él lamentara dar por concluida la relación, se dio cuenta de que no había otro remedio.

Él no pertenecía a Silvia ni a ninguna otra mujer. Ya sabía lo que eso significaba. Había visto a su padre convertirse en un desconocido silencioso y con el corazón destrozado tras la muerte de su esposa, en un triste fantasma vagando por una casa previamente llena de luz y risas.

Sin la ternura y el apoyo de su abuela Cosima, que se lo había llevado a su casa, Angelo se hubiera sentido muy solo.

Cuando consiguió superar aquel oscuro periodo, se juró que no consentiría que nadie le hiciera sufrir así. Y desde entonces no había cambiado de opinión.

Su matrimonio sería un acuerdo práctico y sin ilusiones, y él haría que funcionara.

Así que, para empezar, rechazaría la propuesta de Silvia de verse aquel fin de semana aprovechando que Ernesto no estaría y, en lugar de ello, hablaría con la empresa que había comenzado las reformas en la casa familiar.

–No –dijo Ellie–. La madrina es muy amable al invitarme, pero ya tengo planes para el fin de semana. Lo siento, Silvia.

–No lo parece –su prima se recostó en la silla haciendo un mohín–. Supongo que irás a encerrarte en la choza de la abuela Vittoria, como de costumbre.

Aunque fuera una casita, no era una choza, pensó Ellie. Y Silvia no lo había considerado así cuando se enteró de que su abuela había dejado a Ellie en herencia una atractiva propiedad en un encantador pueblo de pescadores. El enfado por aquella injusticia le duró semanas y acusó a Ellie de haber embaucado a la abuela Vittoria.

Ellie supuso que con eso quería decir que había visitado a su abuela con regularidad y recordado la fecha de su cumpleaños así como felicitarla por Navidad, algo que Silvia no hacía debido a su agitada vida social.

–¿Y cómo se te ocurre cuando podrías disfrutar del lujo de Villa Rosa? –prosiguió Silvia.

–Tal vez no me sienta cómoda entre tanto lujo – replicó Ellie en tono seco–. Sobre todo cuando soy la única persona entre lo presentes que es una empleada en vez de un jefe.

–Eres demasiado sensible. Además, la madrina te adora y le debes una visita. Se disgustará si te niegas a ir. Y también me harías un favor enorme.

–¡Por Dios, Silvia! ¿Has vuelto a perder dinero jugando al bridge después de todo lo que te dijo Ernesto la última vez?

–Ah, eso. Llevo meses sin tocar una carta. Cualquiera te lo confirmará.

–Pero no conozco a nadie a quien preguntar. Y no tengo dinero para sacarte de apuros.

–No es eso lo que quiero pedirte. Es que… A Ernesto no le hace gracia que me vaya sin él, aunque sea a ver a mi madrina, y si supiera que tú también vienes, estoy segura de que cambiaría de opinión.

–No es propio de él ponerte pegas, Silvia. ¿Estás segura de que no le has dado motivos?

Silvia se sonrojó y respondió furiosa:

–¿Y qué sabes tú de la vida de casada? Que yo sepa, ni siquiera tienes novio.

Ellie recordó que Silvia siempre se defendía atacando. Y que llevaba semanas sin buscar su compañía. La última vez lo había hecho para completar el número de invitados a una cena, en la que ella se había sentido fuera de lugar y vestida de manera inadecuada.

Sobre todo cuando Silvia resplandecía y había sido el centro de atención.

En esa cena, Ellie había ocupado el puesto de su madrina, porque la princesa Damiano tenía un fuerte resfriado. Pero solo habían sido unas horas, mientras que lo que Silvia le estaba pidiendo en aquel momento era que la acompañara del viernes por la tarde al domingo. El plan no le gustaba en absoluto, a pesar del afecto que sentía por su madrina. Pero ésta y Silvia pertenecían al mismo mundo, que no era el de ella, a pesar del parentesco.

Silvia, que era un año mayor, era rubia y tenía los ojos verdes, y su máxima aspiración desde niña había sido casarse con un millonario, lo que había conseguido sin esfuerzo.

Ellie era la otra cara de la moneda. Tenía el pelo castaño claro y la piel muy blanca, y era esbelta. La abuela Vittoria siempre le había dicho que sus ojos llamaban la atención, pero no había nada destacable en el resto de sus rasgos.

Le gustaba su trabajo y tenía un grupo de amigos de ambos sexos con los que acudía a conciertos y al cine.

Llevaba una vida tranquila, pero le gustaba. Y

también estar a solas. Y cuando podía escaparse a la costa, a Casa Bianca, se sentía feliz.

Y no iba a dejar pasar la oportunidad de pasar allí el fin de semana.

Miró a su prima a hurtadillas. Tenía la certeza de que le pasaba algo.

—Silvia, no quiero que nos peleemos, pero tienes que ser sincera conmigo. ¿Por qué quieres que acepte la invitación de la madrina?

—Por nada. Es algo absurdo. Ernesto cree que hay un hombre que me presta demasiada atención y que nos vemos a escondidas y que ni siquiera voy a ir a ver a la madrina. Así que, si sabe que estamos juntas en Villa Rosa, se tranquilizará.

—¿No sería más fácil que te acompañara él?

—No puede. Tiene que resolver un asunto de impuestos con un cliente durante el fin de semana.

Ellie lo entendió, ya que el sistema impositivo italiano era un laberinto.

Y sin embargo…

Si el impasible Ernesto se sentía celoso, ¿tendría un buen motivo? Parecía que, por fin, estaba empezando a controlar a Silvia, y como era el único familiar que tenía, tal vez debiera ayudarla. Además no quería herir los sentimientos de su madrina al negarse a acudir a la fiesta.

—¿Quién más estará?

—Fulvio Cipriano y su mujer y una de las amigas más antiguas de la madrina, la condesa Manzini.

El nombre le resultaba familiar. Sus pensamientos volvieron a la cena y entonces lo recordó. Le habían señalado al conde Angelo Manzini, un hombre alto, muy moreno e increíblemente atractivo. No le había parecido un ángel: la cara delgada y de expresión taciturna, los ojos oscuros y la boca sensual sugerían más pecado que santidad.

Sin embargo, no era un playboy, sino el presidente del grupo Galantana, de lo que le había informado su vecino de mesa.

–Tal vez alguien más –prosiguió Silvia–. Pero si te aburres, puedes pedirle al tío Cesare que te enseñe sus rosas. A ti te gustan esas cosas.

Ellie nunca había llamado «tío» al augusto esposo de su madrina, y Silvia lo sabía. Un recordatorio más de la distancia social que las separaba.

–¿Puedo decirle entonces a la madrina que vendrás, Ellie?

–Ya se lo diré yo por teléfono. ¿Iremos en mi coche?

Silvia la miró con expresión de horror.

–¿En el Fiat? No, le diré a Ernesto que nos preste el Maserati y que conduzca Beppo.

–¿No lo necesitará él?

–Tiene el Lamborghini –Silvia hizo un mohín–. O que vaya andando. El ejercicio le vendrá bien.

–¡Pobre Ernesto! –dijo Ellie.

«Y pobre de mí», pensó cuando se marchó su prima.

No era el tipo de visita al que estaba acostumbrada. Normalmente, Lucrecia Damiano, su madrina, la invitaba para que le hiciera compañía cuando su marido se ausentaba. A veces, Silvia también iba.

Pero Ellie no se imaginaba por qué su prima estaba empeñada en que fueran las dos a lo que parecía ser una fiesta para personas de mediana edad.

Y volvió a preguntarse qué era lo que no le había contado Silvia.

Capítulo 2

CARISSIMA! –Lucrezia Damiano abrazó a Ellie con afecto–. ¡Qué alegría!

Villa Rosa había sido construida durante el Renacimiento y ampliada a lo largo de los siglos. Los Damiano poseían una mansión más espléndida en Roma, pero Largossa era su refugio en el campo.

El salón en que la princesa recibió a sus invitadas estaba en la parte más antigua de la casa. Las ventanas daban a una gran terraza y ofrecían una vista del terreno circundante y del jardín donde Cesare Damiano cultivaba sus rosas.

Pero Ellie se enteró de que el anfitrión no llegaría hasta el día siguiente.

–Mi pobre Cesare tiene una reunión en Ginebra –se lamentó la princesa–. Así que esta noche solo habrá una reunión informal de antiguos amigos –se volvió hacia su otra ahijada, que la miraba con expresión pétrea–. ¿Cómo estás, Silvia?

–Muy bien, madrina –Silvia accedió de mala gana a que la besara en las mejillas.

No parecía estar bien, pensó Ellie. Desde que habían entrado en la casa, se la veía nerviosa. Ellie se había percatado de que, al llegar, había examinado los coches aparcados como si buscara uno en concreto.

–Voy a presentaros a algunas personas –dijo la princesa mientras las conducía a la terraza.

Una anciana se hallaba sentada a una mesa hablando con una mujer más joven.

–Condesa –dijo la princesa– y mi muy querida Anna, os presento a mis ahijadas: la *signora* Silvia Alberoni y la *signorina* Elena Blake. La condesa Cosima Manzini y la *signora* Ciprianto.

La condesa dio la mano a ambas con una sonrisa, pero Ellie se dio cuenta con sorpresa de que la observaba como si la estuviera valorando. Si era así, era poco probable que el sencillo vestido que llevaba y su aspecto corriente pasaran la prueba.

Silvia y Ellie se sentaron y aceptaron un vaso de limonada. Silvia parecía haber cambiado de humor y hablaba del viaje y del calor que hacía mientras sonreía y movía las manos con gracia. La condesa la escuchaba sin hacer comentarios.

Al cabo de un rato, Lucrezia Damiano se marchó a recibir a otros invitados, los Barzado, una pareja también de mediana edad.

«Así que ¿qué demonios hago aquí?», se preguntó Ellie con renovada perplejidad. «¿Y Silvia? Quiero ayudarla». A pesar del encanto que desplegaba, estaba rígida y tenía los puños cerrados en el regazo. «Pero ¿cómo voy a hacerlo si no me dice qué problema tiene?

En ese momento, vio que la condesa miraba hacia abajo protegiéndose los ojos con la mano.

–*Mio caro*. Por fin.

Ellie no tuvo que girarse para ver quién se acercaba porque le bastó con mirar a Silvia, que se había ruborizado, para saber todo lo que necesitaba, aunque habría preferido no haberse enterado. Su preocupación sobre el fin de semana había estado justificada.

–Querida… –el conde Angelo Manzini, muy elegante con unos chinos y una camisa blanca, se inclinó para besar la mano de su abuela y después la mejilla–. Señoras… –les dirigió una sonrisa sin prestar atención a ninguna en especial.

Ellie pensó que, a la luz del día, aún era más imponente. Deseó con todas sus fuerzas estar en Roma. O que Silvia estuviera allí.

Se preguntó si podría inventarse una excusa, pero se había dejado el teléfono móvil en su casa y todas las llamadas las contestaría Giovanni, el mayordomo, que se las pasaría a la princesa.

–Querido conde –dijo Lucrezia–, sé que ya conoce a la *signora* Alberoni, pero creo que no le han presentado a su prima, mi otra ahijada, la *signorina* Elena Blake.

–No, no he tenido el placer. Encantado, *signorina*.

Ellie se levantó de un saltó y se obligó a mirarlo mientras murmuraba unas palabras corteses. El conde no sonrió, pero sus miradas se cruzaron y a Ellie le pareció que sus ojos expresaban diversión o enfado.

No podía imaginarse por qué estaría enfadado. Al fin y al cabo, había sido a ella a quien habían manipulado para servir de tapadera a su aventura con Silvia. Y si pensaba que aquello tenía gracia… Ellie apretó los dientes.

En cuanto pudo, dijo que tenía que deshacer el equipaje y entró en la casa con la sensación de que escapaba.

Desde pequeña había dormido en la habitación de la torre. Y desde hacía años la consideraba, al igual que la Casa Bianca, un refugio.

Había llevado una maleta pequeña, que deshizo rápidamente. Pero no tenía intención de volver a la terraza, aunque la estuvieran esperando.

Se duchó en el pequeño cuarto de baño, se puso un albornoz y se sentó en el sillón que había frente a la ventana abierta, donde dio rienda suelta a sus pensamientos.

Tendría unas palabras con Silvia en cuanto se le presentara la oportunidad. Su prima no tenía ningún derecho a implicarla en lo que hubiera entre ella y aquel apuesto canalla que acababa de aparecer.

No tenía dudas sobre la situación entre ambos lo que significaba que, si Silvia no tenía cuidado, otros, incluyendo su madrina, se darían cuenta. Y su prima estaba loca si creía que su madrina y, sobre todo, el austero príncipe Damiano tolerarían la posibilidad de un escándalo bajo su techo.

Silvia había insistido en casarse con Ernesto. ¿Solo buscaba ser la esposa de un hombre rico?

Fuera como fuera, la paciencia de Ernesto tenía un límite, y si sospechaba que Silvia le era infiel, se produciría una catástrofe.

¿Cómo corría su prima semejante riesgo? Sobre todo teniendo en cuenta que la situación no parecía hacerla feliz. Pero al recordar su primera impresión del conde Manzini, pensó que proporcionar felicidad no era una prioridad en las relaciones de Angelo.

Aunque no era una experta en tales asuntos, el instinto le decía que cualquiera con dos dedos de frente cambiaría de acera para evitarlo.

Horas después, comprobó, horrorizada, que tendría que sentarse a cenar al lado del conde Manzini.

Y no le sirvió de consuelo que él tampoco pareciera muy contento por tenerla a su lado.

Como su madrina había insistido en que la cena sería informal, se había puesto una falda blanca estampada con girasoles y una blusa también blanca. Ninguna era de la marca Galantana, y estaba segura de que a él le había bastado una mirada para darse cuenta.

No sabía quién le habría hecho a él el caro traje que llevaba, pero se decidió por Armani.

Al otro extremo de la mesa, Silvia resplandecía con un vestido azul. Parecía haber recuperado el equilibrio y charlaba animadamente con su vecino.

Ellie aún no había tenido la ocasión de hablar con ella.

–¿Quiere ensalada de tomate? –le preguntó el conde Manzini con fría cortesía.

Ellie alzo la vista, sobresaltada.

–No, gracias.

–Parece que la he asustado, *signorina*. ¿O es que prefiere comer en silencio?

–Creo que ninguna de las dos cosas.

–Me alegro.

Le sonrió por primera vez y ella sintió un cosquilleo en la garganta por el impacto de su atractivo.

–Creo que nos hemos visto otra vez, pero que no nos presentaron –prosiguió él–. Me parece que fue una noche en casa de Ernesto Alberoni.

–Puede ser –Ellie miraba la comida en su plato–. No me acuerdo.

–Tampoco sabía yo que nuestra anfitriona tuviera más de una ahijada. ¿Viene a verla a menudo?

–Todo lo que puedo –contestó Ellie en tono levemente defensivo.

–Y este fin de semana… ¿estaba previsto desde hace tiempo?

Ellie tuvo ganas de decirle: «¿No le ha dicho Silvia que me ha arrastrado hasta aquí en el último momento para servirle de tapadera?». Pero no lo hizo.

–No recuerdo cuando lo acordamos. ¿Acaso importa?

–En absoluto. Simplemente me extraña su presencia en una cena de gente mucho mayor que usted.

–Pero no soy la única –tuvo cuidado de no mirar hacia donde estaba Silvia–. Se podría decir lo mismo de usted, conde Manzini.

–Estoy aquí porque tengo negocios con el príncipe Damiano. Cuando lleguemos a un acuerdo, me iré.

«Pues que sea pronto», pensó Ellie mientras se servía anchoas.

El conde siguió hablando de temas más neutrales. Le preguntó si jugaba al tenis, cosa que Ellie no hacía, y si le gustaba nadar.

Era muy educado, pero Ellie se alegró de que reclamara su atención la *signora* Barzado, sentada al otro lado. Se relajó un poco y disfrutó de la comida: *gnocchi* y ternera.

Pensó que bajo la apariencia encantadora del conde Manzini, había una arrogancia que indicaba que consideraba a las mujeres una faceta más de su éxito.

Mientras se tomaba la *panna cotta* con fresas decidió que le daba igual, ya que al día siguiente se marcharía y, con suerte, no volvería a verlo.

Después del café, pasaron al salón. Ellie tampoco pudo hablar con su prima, porque ésta decidió jugar al bridge con la *signora* Barzado y los Ciprianto.

El conde Manzini se fue a jugar al billar con Carlo Barzado en tanto que su abuela y la princesa, sentadas junto a la chimenea, intercambiaban confidencias en voz baja.

Ellie halló una revista en una mesa y fue a sentarse al otro lado de la habitación. Era una publicación de moda, con un artículo sobre Galantana y una foto de Angelo Manzini sentado a su escritorio en mangas de camisa. Se había aflojado la corbata. Ellie pensó que estaba increíblemente sexy.

El juego se prolongaba y decidió ir a acostarse.

En su habitación, la doncella le había abierto la cama y colocado el camisón sobre la colcha, pero también había cerrado las ventanas, por lo que el dormitorio era un horno.

Ellie las abrió y encendió el ventilador que había en el techo. Se dio una ducha para refrescarse, retiró la colcha y decidió no ponerse el camisón para dormir.

Tenía un trabajo de traducción que terminar. Era fácil y, en condiciones normales, lo hubiera hecho muy deprisa, pero le resultaba imposible concentrarse y, tras esforzarse durante una hora, se dio por vencida.

«Si sigo, me dolerá la cabeza», pensó. Apagó la luz y se dispuso a dormir.

Repasó los deprimentes acontecimientos del día. Y lo que más le inquietó fue la cantidad de imágenes de Angelo que no dejaban de acudirle a la mente.

Se dijo que no era extraño debido a lo que había averiguado sobre Silvia y sus posibles consecuencias. De todos modos, no merecía la pena perder ni un minuto de sueño por ello, así que se dio la vuelta y cerró los ojos con determinación.

Angelo se dijo, mientras miraba el reloj, que no debería ni siquiera planteárselo.

Debiera atenerse a lo que había decidido y no echarse atrás aunque solo fuera «la última vez», como ella le había susurrado en un rincón apartado del jardín, antes de la cena. Ella se le había acercado tanto, que pudo distinguir perfectamente la forma de sus senos libres bajo el vestido, con los pezones erectos, y aspirar su perfume embriagador que despertó en él recuerdos que era mejor olvidar.

Cuando lo miró con nostalgia, le rozó los labios con la punta de la lengua y le susurró: «¿No me deseas, *mio caro*?», su cuerpo, a pesar de sí mismo, respondió como siempre.

Se dijo que nadie lo vería salir de su habitación y, si se encontraba con alguien, diría que no podía dormir y que quería tomar el aire. Merecía la pena correr el riesgo por «la última vez».

O podía tomar la decisión, mucho más sensata, de resistirse a la tentación y quedarse donde estaba, ya que, a pesar de lo decepcionada que se sintiera Silvia, no podría hacerle una escena en presencia de toda aquella gente.

Y después, tomaría precauciones para evitar verla hasta que otro ocupara su lugar.

Era una buena decisión que, naturalmente, no estaba dispuesto a tomar mientras aquel cuerpo glorioso lo estuviera esperando para darle la bienvenida.

Se metió en le bolsillo la linterna que había agarrado en el coche y salió silenciosamente a la galería exterior para bajar al jardín.

Ellie no estaba segura de lo que la había despertado. ¿Por qué se movían los visillos si no hacía aire aquella noche? Descubrió, aterrorizada, que no estaba sola. Había una sombra alta y oscura al lado de la cama y una voz masculina le susurró: «¿Dormías? Espero que estuvieras soñando conmigo».

Antes de que ella pudiera gritar, el colchón se hundió con el peso de aquel hombre y unos fuertes brazos la atrajeron hacia su cuerpo excitado mientras su cálida boca se apoyaba en la de ella y la besaba profunda y sensualmente, de una forma que Ellie no había experimentado.

Durante unos segundos, su cuerpo respondió de manera instintiva y vergonzosa y se arqueó contra el de él.

Recuperando la cordura, ella retiró la boca y trató de apartarlo arañándole el torso.

Él lanzó una maldición y aflojó el abrazo, lo que Ellie aprovechó para alcanzar el otro extremo de la cama mientras buscaba desesperadamente el interruptor de la lámpara.

Cuando la luz iluminó la habitación, ella miró, horrorizada, al asaltante.

Angelo fue el primero en hablar.

–¿Usted? Pero no entiendo…

–Fuera de aquí –se había sonrojado de la cabeza a los pies, le ardía la cara de vergüenza mientras tiraba de la sábana para ocultar sus senos desnudos–. ¡Váyase, por Dios!

Pero ya era tarde. Llamaron a la puerta y se oyó la voz de su madrina.

–¿Estás bien, Elena? Han visto a un intruso en el jardín.

Angelo masculló algo violento y se cubrió con la sábana. Y antes de que Ellie pudiera contestar, se abrió la puerta y entró la princesa, seguida de la condesa Manzini, Carlo Barzado y Giovanni.

Lucrezia Damiano se detuvo y se llevó la mano a la garganta. Los miró sorprendida y consternada.

Se produjo un largo silencio, que rompió la condesa al pedir al *signor* Barzado y al mayordomo que salieran. Después cerró la puerta.

–¿Qué pasa aquí, Angelo? ¿Te has vuelto loco o has perdido todo sentido del honor? –miró a Ellie–. ¿Está mi nieto aquí porque lo ha invitado? Dígame la verdad, por favor.

Angelo contestó por ella.

–No, abuela, ha sido idea mía –se miró los arañazos del pecho–. Pero es evidente que tenía que haberlo pensado mejor.

–¿Me estás diciendo que has deshonrado el apellido familiar, que has forzado a una chica por un capricho? –la condesa cerró los ojos–. ¡Dios mío, me resulta increíble!

Ellie se dio cuenta de que no estaba teniendo una pesadilla de la que pudiera despertar. Y que tampoco le iba a servir desear la muerte en aquel preciso instante.

–Condesa, madrina… Sé lo que parece, pero… no ha pasado nada.

–Supongo que porque lo hemos interrumpido –dijo la princesa en tono glacial mientras señalaba el camisón de Ellie en el suelo.

«No», pensó Ellie, «porque ha descubierto que estaba en la habitación equivocada y con la mujer equivocada».

Lo pensó, pero no lo dijo porque, al hacerlo, las cosas empeorarían aún más.

Angelo señaló su ropa.

–Tal vez, antes de añadir nada más, se me permita vestirme.

–Dentro de un momento. Mi ahijada es lo primero –la princesa agarró la bata de Ellie que estaba en una silla y se acercó a la cama–. Póntela, hija mía, y ven con nosotras al salón –después añadió–: Haga el favor de reunirse allí con nosotras cuando esté listo, conde Manzini.

Sentada de espaldas a él en el borde de la cama, Ellie se puso la bata y se ató el cinturón con dedos torpes. Estaba temblando y a punto de echarse a llorar. Pensó que era una situación ridícula, como la de una farsa teatral, salvo porque no habría explicaciones en el último acto, ya que ello supondría implicar a Silvia.

Mientras seguía a las dos ancianas, trató de comprender lo que había sucedido.

Era evidente que Angelo Manzini esperaba encontrar a su prima esperándolo, pero la habitación de Silvia estaba en el otro extremo de la casa. Entonces, ¿por qué había creído el conde que dormía en la torre?

¿Y qué era aquello del intruso en el jardín? ¿Quién lo había visto?

Giovanni salía del salón cuando entraron ellas. Aunque su cara carecía de expresión, Ellie, que lo conocía desde siempre, evitó su mirada.

Había encendido las luces y llevado café. La princesa le sirvió una copa de coñac a Ellie.

–Le he dicho a Giovanni que te prepare otra habitación. No querrás volver a la torre.

«Jamás», pensó Ellie.

–Gracias –dijo a su madrina y bebió un trago– pero te juro, os juro que no ha pasado nada.

–¿Le parece, *signorina*, que no es nada la vergonzosa conducta de mi nieto, el ultraje a la hospitalidad de su madrina? –preguntó la condesa con frialdad–. ¿Me está diciendo que está acostumbrada a compartir la cama con desconocidos? ¿Que hay que tomar a broma este insulto imperdonable? Si es así, dudo que el príncipe Damiano esté de acuerdo.

Ellie se ruborizó.

–No –dijo con voz ahogada–, por supuesto que no. ¿Tiene que saberlo?

–Creo que sí –afirmó la condesa–. Antes de que le llegue la historia por otras vías –hizo una pausa–. Es una desgracia que Carlo Barzado haya sido testigo de lo sucedido porque se lo dirá a su mujer y ésta se lo contará inmediatamente a todo el mundo.

–Seguro que no –dijo Ellie.

–Es inevitable –insistió la condesa.

La princesa se sentó al lado de Ellie y le tomó la mano.

–Suponemos que el conde Manzini dio alguna señal, tal vez durante la cena, de que te encontraba atractiva, hija mía, y que te sentiste halagada y le diste motivos para creer que sería bien recibido después. ¿Fue eso lo que pasó?

Ellie se mordió los labios. Era imposible decir la verdad, así que tendría que mentir.

–Si lo hice, fue sin querer –dijo en voz baja.

–Pero creo que debemos aceptar que eso fue lo

que pasó y actuar en consecuencia –su madrina habló con firmeza mirando hacia la puerta–. Y estoy segura de que el conde Manzini estará de acuerdo.

Ellie pensó con amargura que entrar en una habitación sin hacer ruido debía de ser una de las habilidades del conde, porque tampoco entonces se había dado cuenta de su llegada. Apoyado en el quicio de la puerta, parecía relajado. Pero ella percibía su ira.

«Pero ¿por qué?», se preguntó. «Soy totalmente inocente y él lo sabe».

Angelo entró caminando lentamente.

–Lamento profundamente, *signorina* Blake, haber malinterpretado la invitación que creí haber recibido. Ha sido un error imperdonable por el que espero compensarla como se me indique.

–Querido Angelo –dijo su abuela– debido a la postura moral del príncipe Damiano, solo puedes hacer una cosa. Mañana, para evitar un escándalo, anunciarás tu compromiso matrimonial con la *signorina* Blake.

Capítulo 3

DEL sobresalto, Ellie se vertió lo que quedaba del coñac en la bata.

—No, no puedo… no lo haré —dijo con una voz que le resultó irreconocible—. Es una locura. Ya os he dicho que no ha pasado nada.

—Y te creo —dijo la princesa al tiempo que le quitaba la copa de la mano—. Y si nadie más que la condesa y yo os hubiéramos visto, no habría ningún problema. Pero me temo que Cesare adoptará una actitud muy distinta. Él habría aceptado que os hubierais dejado llevar por vuestros sentimientos estando comprometidos. ¿Pero un encuentro fortuito, en su casa, y basado en una atracción pasajera? Lo considerará intolerable e imperdonable.

—Hablaré con él —dijo Ellie—. Le haré entender…

—Pero, querida, ¿qué le vas a decir? —preguntó la princesa.

Y Ellie cayó en la cuenta de que tanto su madrina como la condesa sabían perfectamente dónde y con quién planeaba Angelo pasar la noche.

Había que ser discretos a cualquier precio y ella tendría que pagarlo.

—Supongo que nada —dijo en tono fatigado.

—No has dicho nada, Angelo —observó la condesa.

—No tengo palabras —su tono era glacial.

–De todos modos, estoy segura de que te darás cuenta de que es necesario. Las negociaciones con el príncipe Damiano se desarrollarán mejor si eres el prometido de la *signorina* Blake que alguien que ha intentado seducirla.

–Dadas las circunstancias, parece que no tengo elección –afirmó él con amargura–. Y un compromiso no significa que haya boda.

–Entonces, asunto resuelto –dijo la princesa–. Ahora vayamos a descansar lo que queda de la noche. Y esperemos que no haya más alarmas.

Ellie fue a su nueva habitación, donde Giovanni ya había llevado sus pertenencias. Pero no podía relajarse. Tenía mucho en que pensar.

En primer lugar, estaba claro que a Angelo Manzini le habían tendido una trampa, y casi seguro que había sido Silvia. Pero ¿por qué?

Además, al darle las buenas noches en el salón, él la había mirado con tal resentimiento, que sintió que la piel le ardía.

«Cualquiera diría», pensó mientras subía las escaleras, «que soy yo la que he tenido una aventura ilícita. Y los problemas que pueda tener él, se los ha buscado».

Era paradójico que la primera vez que había estado en la cama con un hombre se debiera a una confusión de identidad. Era casi gracioso, aunque nunca había tenido menos ganas de reírse.

La situación había sido humillante.

Tumbada en la oscuridad, se preguntó cómo resolvería las dificultades que se le presentarían al día siguiente al tener que fingir estar comprometida con un hombre que la despreciaba.

Incapaz de hallar una respuesta, finalmente se durmió cuando empezaba a clarear.

A media mañana, la despertó una doncella con el desayuno. Comió un poco, se duchó y se vistió.

Se detuvo ante el espejo y observó la camiseta y la falda que llevaba. Hizo una mueca ante su imagen, y pensó que eso lo explicaba todo y que nadie en su sano juicio creería que Angelo Manzini le pediría que se casase con él ni que se deslizaría en la oscuridad para pasar una noche de pasión en sus brazos.

Sin embargo, esa era la historia y a ella tendría que atenerse. Pero solo durante un corto periodo de tiempo.

Giovanni la esperaba en el piso de abajo para decirle que la princesa quería verla en su salón privado. Al llegar a la puerta, el mayordomo llamó discretamente y la dejó pasar. Ella entró con una sonrisa que se evaporó cuando vio quién era el único ocupante.

Estuvo a punto de dar un paso atrás, pero se recuperó y dijo en voz baja y fría:

—Conde Manzini, creí que iba a hablar con mi madrina.

—Ha pensado que deberíamos tener la oportunidad de hablar en privado —dijo él con fría indiferencia—. Y como tenemos que convencer al mundo de que llevamos semanas de intimidad, será mejor que me llames Angelo y yo te llame Elena.

—Entonces, ¿pretendes llevar adelante esta ridícula farsa?

—Sí, por desgracia. Estoy aquí para negociar un importante acuerdo económico con el príncipe Damiano. Me juego mucho y no consentiré que los planes de ampliación de mi empresa fracasen por la malicia de una mujer airada.

—¿Airada?

—Sabías que tu prima era mi amante, ¿verdad?

—No lo supe hasta que llegaste ayer y vi cómo reaccionaba.

—Entonces no sabrás que di por finalizada la relación hace dos semanas.

—No lo parecía anoche.

—Iba a ser la última vez. No hay que decepcionar a una dama.

—¿En serio? –preguntó ella con sarcasmo–. Pues debías haberte dado cuenta del riesgo que corrías y haberte quedado en tu habitación.

—Es fácil decirlo a posteriori. Además, la invitación que recibí era… muy urgente.

—No quiero que me hables de eso –dijo ella sonrojándose–. Y sigo sin creer que Silvia haya planeado esto. No era mi intención pasar el fin de semana aquí. Vine porque estaba preocupada por ella. Incluso aunque quisiera vengarse de ti, ¿por qué tenía que implicarme? Es increíble.

—Puede que tuviera un motivo.

—Pues no me imagino cuál. ¿Y cómo sabía que estarías aquí?

—Es probable que yo se lo dijera y que me olvidara. Pero si ella me hubiera dicho que también estaba invitada, lo habría recordado y habría cambiado de planes.

—Después de haberme convencido, todo encajaba en su plan. No tenías forma de saber que siempre duermo en la habitación de la torre.

—No. ¿Y cómo te convenció de que vinieras?

—Me dijo que Ernesto se estaba poniendo celoso y que me necesitaba como una especie de carabina.

—Y en lugar de eso, te ha hecho pagar los platos rotos.

—Sí. Y supongo que fue ella quien dio la alarma sobre el supuesto intruso.

—Desde luego. Y en el momento justo.

Ellie tragó saliva y se sonrojó.

—Si tú lo dices… Pero tuviste que darte cuenta de que no estabas… de que yo no era…

—No me di cuenta hasta que me hiciste sangre —sonrió burlonamente—. E incluso ni siquiera entonces, aunque los arañazos me los suelen hacer en la espalda.

Ella pensó que, si seguía ruborizándose, se le quemaría la cara.

—Es una pena que no te dieras cuenta del error inmediatamente —dijo en tono glacial—. Así nos hubieras ahorrado a ambos la vergüenza y la espantosa situación en que nos hallamos.

—Es verdad. Pero entenderás que, cuando un hombre tiene a una mujer desnuda en sus brazos, no siempre piensa con claridad.

—Parece que te estás tomando esto muy a la ligera.

—Pues te equivocas. Acepto la situación porque debo. Pero hazme caso: no olvidaré la causa —se calló durante unos instantes—. Dime una cosa. ¿Por qué no dijiste anoche la verdad sobre mi presencia en tu cama?

—Tal vez lo habría hecho si mi madrina hubiera estado sola. Pero había otras personas y no quería que supieran que pensabas que era Silvia.

Él hizo una mueca.

–Tu lealtad es conmovedora, pero se la ofreces a quien no se la merece.

–No te das cuenta de que ella ha sido buena conmigo, generosa con cosas como la ropa.

–Y el perfume que llevabas anoche, ¿también te lo ha regalado ella?

–Pues claro. El frasco estaba casi lleno y me dijo que ya no lo quería –lo miró vacilante–. ¿Cómo lo sabes?

–Lo he adivinado. Pero tira lo que queda. No te sienta bien y estoy seguro de que ella lo sabe.

–Y no se trata solo de Silvia. También están sus padres, que siempre se han portado muy bien conmigo. Y también Ernesto, a su manera. No merece que le hagan daño.

–Antes o después se lo harán –afirmó él mientras se encogía de hombros–, pero yo no seré la causa –se aproximó a ella, que le sostuvo la mirada–. Debo recordarte que se supone que estamos apasionadamente enamorados, hasta el punto de olvidarnos de todo para estar juntos.

–¿Quién va a creérselo? –masculló ella a la defensiva.

–Nadie si, cada vez que me acerco, te crispas. Todos, si me das la mano y me sonríes al anunciar nuestro compromiso. Y lo más importante es que se lo crea el príncipe Damiano.

–Pero ¿de verdad es tan importante? Tiene que haber otros bancos con los que puedas negociar si el del príncipe te rechaza.

–En el mundo de las finanzas, es muy grave que te rechace el príncipe Damiano. Sería un punto en mi contra y en el de Galantana. La jugarreta de Silvia ya está empezando a tener consecuencias. Durante el desayuno, me he dado cuenta de que la *signora* Barzado está deseando marcharse para contárselo a toda Roma. Así que tenemos que ofrecerle una historia menos interesante que difundir. Una con final feliz –añadió en tono sardónico.

–¿Y cuánto tiempo tendremos que mantener el engaño?

–El que sea necesario. Y créeme que no vas a ser la única que sufrirá –dirigió la mirada hacia la puerta, por la que entraba la princesa.

–Perdonadme, pero he tenido que dar la bienvenida a otra invitado, Ernesto, el marido de Silvia. ¡Qué alegría que haya venido! – y sin hacer caso de la expresión airada y avergonzada de Ellie, prosiguió–: Estoy segura de que ya habréis arreglado todo entre vosotros. El príncipe ha llamado por teléfono para decir que estará aquí a la hora de comer, así que sugiero que anunciéis entonces el compromiso.

La imprevista llegada de Ernesto garantizaba que las cosas debían seguir por el camino marcado, pensó Ellie. Pero ¿por qué estaba allí? ¿Lo había acordado con Silvia? ¿No existía ese cliente tan importante que necesitaba su ayuda?

Estaba demasiado cansada para pensar.

Angelo besó la mano de la princesa y se marchó. Ésta besó a Ellie en la mejilla.

–No te preocupes, pequeña. Todo va a salir bien, ya lo verás.

Ellie tuvo que reconocer que Consolata, la doncella de la princesa, era muy hábil con los cosméticos. La cara que se reflejaba en el espejo ya no estaba tan pálida y fatigada como antes. Cuando acabó de maquillarla, le dijo que debía ir al jardín, ya que el príncipe acababa de volver y quería hablarle.

Ellie lo halló entre sus rosas. Al acercarse a él, dejó de examinar unas de un rojo tan oscuro que parecía casi negro y se volvió hacia ella.

—Son tan hermosas como cuando se cultivaron por primera vez hace seiscientos años. ¿no te parece, Elena?

—Sí, Alteza.

El conde la miró con expresión grave.

—Me ha dicho tu madrina que te vas a casar con el conde Manzini.

—Hemos... hemos decidido prometernos.

—Un compromiso matrimonial es una promesa solemne. Y aunque deploro el modo en que se ha desarrollado vuestro noviazgo, creo que debo daros mi bendición. He hablado con el conde, que me ha asegurado que no habrá más incidentes antes de la ceremonia. Pero los jóvenes sois apasionados, por lo que la princesa y yo hemos decidido que te hospedes en nuestra casa de Roma hasta la boda. Eso eliminará la tentación y disipará los rumores. Y seré yo quien tenga el privilegio de llevarte hasta el altar.

—Pero no hay necesidad de apresurarse tanto —imploró Ellie con voz ronca.

—Espero que no, pero tampoco hay razón para posponer la boda, como estoy seguro de que tu prometido te dirá.

Ellie volvió la cabeza y vio que Angelo Manzini se aproximaba sin prisas por el sendero.

El príncipe Damiano dio a Ellie unas palmaditas en el hombro y cortó una rosa.

–Una flor para los amantes –dijo al tiempo que se la entregaba. Después se dirigió hacia la casa.

–Pareces alterada, *mia bella* –dijo Angelo con frialdad al llegar a su lado.

–Lo estoy –respondió ella con voz temblorosa–. Por si no tuviéramos bastante con el compromiso, ya están organizando la boda. ¿Qué demonios pasa? –y añadió con furia–: Ni soy tuya ni soy hermosa.

–No cuando me fulminas de esa manera con la mirada. Y la ropa que llevas no te hace justicia, pero tienes posibilidades. Me di cuenta anoche cuando no llevabas nada puesto.

Durante unos instantes, Ellie se quedó sin habla.

–¿Cómo te atreves?

–Fuiste tú la que encendió la luz. Y no estoy ciego.

–No –replicó ella con fiereza–. Y también tienes la facultad del habla, así que ve a la casa y diles que esto se ha acabado, que te he rechazado.

–Eso sería una estupidez. Sobre todo ahora que tenemos la bendición del príncipe y la de otros.

–¿A quién te refieres?

–Vamos, no puedes ser tan ingenua ni tan tonta. Tienes que saber que Silvia no es la única que ha conspirado este fin de semana.

–No sé de qué me hablas. ¿Vas a hacer lo que te he dicho?

–No, porque no solucionaría nada, sino que complicaría enormemente las cosas. Ya te he explicado por qué necesito que el príncipe esté de mi lado. Y creo que tú sientes afecto por tu madrina. ¿Quieres que te impida volver a esta casa y te niegue su cariño? Porque eso será lo que pase. Y aún más, ¿te gustaría que se te conociera por haber sido mi amante? ¿Es esa la notoriedad que deseas? ¿Y quieres que tu prima disfrute de su desagradable victoria y se ría de nosotros?

–Pero… casarnos… –pronunció la palabra como si le causara repulsión.

–Gracias –dijo él con frialdad–. Yo tampoco deseo firmar mi sentencia de muerte. De momento, solo estaremos prometidos. Pero un compromiso se rompe con facilidad. Sucede todos los días. Solo tenemos que elegir el momento adecuado. Y dejaré claro que la culpa es mía. Que te he sido infiel, para que todos crean que ha sido una suerte que te libraras de mí.

–Ya veo que te acuestas con cualquiera.

–Y tú eres una arpía. Concedamos que ninguno de los dos es perfecto. Mientras tanto, te ofrezco esto –se sacó una cajita del bolsillo y la abrió.

Ellie miró el zafiro cuadrado rodeado de diamantes y tragó saliva.

–No puedo ponérmelo.

–¿Eres alérgica a las piedras preciosas?

–No puedo aceptar algo tan valioso. ¿Cómo es que llevas contigo algo tan caro?

–Es de mi abuela. Me había prometido que, cuando fuera a casarme, me dejaría elegir un anillo de su colección para mi futura esposa. Y he elegido este.

–Pero a mí no me has elegido. Y no tienes intención de casarte con nadie, como la condesa sabe perfectamente. Así que todo es pura hipocresía.

–No, forma parte del acuerdo. Dame la mano –la miró a los ojos–. Por favor.

Ella se quedó callada mientras le ponía el anillo.

No solía llevar joyas, por lo que el anillo le pesaba y le parecía un cuerpo extraño. Todavía sostenía la rosa del príncipe.

—¿Tienes más instrucciones que darme?

—Instrucciones, no. Quizá una sugerencia —y la tomó en sus brazos.

Ella se quedó paralizada de la sorpresa mientras los labios de él se apoyaban en los suyos y la besaba con dureza, sin ternura ni deseo. Cuando ella comenzó a resistirse, la soltó.

—Ahora tienes la boca del color de esa rosa. Por fin parece que conoces las caricias de un amante. Y ahora vamos a hacer lo que debemos.

Capítulo 4

DESPUÉS, solo recordó las caras de los presentes, sobre todo la de Silvia, sentada al lado de su marido con una sonrisa en los labios, pero los ojos llenos de furia mientra el príncipe Damiano anunciaba el compromiso y Angelo tomaba la mano de Ellie y se la llevaba a los labios.

La comida fue suntuosa, pero Ellie comió como un autómata. Luego hubo brindis. Le dolía la boca de intentar sonreír y de agradecer los buenos deseos, sinceros o no.

Al despedirse de Silvia, ésta se volvió hacia Angelo y murmuró:

—Enhorabuena. Eres muy listo.

Ernesto le deseó que fuera feliz sin la menor convicción.

—Es todo muy repentino, Elena. Ni siquiera sabía que conocieras al conde Manzini.

Ella no supo qué responderle.

Angelo lo hizo por ella, sonriendo.

—Pero debo agradecérselo a usted, *signor* Alberoni. La conocí en una cena en su casa.

Más tarde, se ruborizó al oír a Angelo eludir cortésmente las preguntas sobre la fecha de la boda.

Por fin, sola en su habitación, cerró las contraventanas para que no entrara el calor de la tarde y echó el pestillo de la puerta, una precaución innecesaria pero instintiva porque estaba temblando debido a que Angelo, inesperadamente, le había rozado los labios con los suyos mientras subían la escalera y le había susurrado: «Pronto nos echaremos la siesta juntos, *mia carissima*». Y saber que no lo decía en serio no había influido en absoluto en su forma de reaccionar.

Mientras se decía que no fuera estúpida, daba vueltas en la cama tratando de relajarse. Sabía que los días y semanas siguientes serían probablemente los más difíciles de su vida.

El problema más inmediato era que tuviera que vivir en la casa de los Damiano en Roma para prepararse para la boda y evitar toda tentación sexual antes de unirse legalmente en matrimonio a Angelo.

Solo le cabía esperar que la princesa acudiera en su ayuda y empleara su considerable poder de convicción para persuadir a su marido de que dicha precaución era innecesaria sin explicarle claramente por qué.

«Quiero retomar mi vida de siempre» se dijo con desesperación. «Mi piso, mi trabajo, mis amigos y, sobre todo, Casa Bianca, mi casa al lado del mar. Si me hubiera mantenido firme y hubiera pasado el fin de semana allí, me habría ahorrado esta pesadilla. Pero no durará eternamente y podré volver a ser feliz».

Y trató de no hacer caso de la vocecita interior que le advertía que su vida había cambiado para siempre.

El vestido que había llevado para la cena era nuevo, largo, de un tejido similar a la seda y de color azul oscuro. Al ponérselo se dio cuenta que el color coincidía casi exactamente con el del zafiro del conde, lo cual la molestó.

Deseó con todas sus fuerzas poder cambiarlo por otro rojo o incluso naranja, pero no tenía ni siquiera un pañuelo de ese color.

Maquillada y con el pelo limpio, cuando bajó al salón, parecía bastante serena, a pesar de su confusión y angustia.

Giovanni le abrió la puerta, y su discreta sonrisa de aprobación la ayudó a entrar, aunque el repentino silencio que se produjo ante su aparición la desconcertó e hizo aflorar su timidez.

Se preguntó si llegaba tarde, pero se dio cuenta de que no había sido la última en llegar, pues faltaban su prima y Ernesto.

–Querida –el príncipe Damiano se acercó a ella–. Estás preciosa –se volvió hacia Angelo, que lo había acompañado–. Es usted un hombre afortunado, conde.

–Sé perfectamente lo afortunado que soy –replicó Angelo con una sonrisa, aunque sus ojos no la acompañaban. Tomó la mano de Ellie y se la llevó a los labios–. *Mia bella*, mi abuela esta deseando conocer mejor a su futura nieta. ¿Te llevo hasta ella?

–Desde luego.

La condesa estaba sentada en un sofá y hablaba con la *signora* Ciprianto, que se retiró al acercarse Ellie.

–Te he traído a mi tesoro, abuela. Estoy seguro de que te gustará tanto como si la hubieras elegido tú misma –hizo una pausa mientras la condesa palidecía ligeramente y después se volvió hacia Ellie–. ¿Quieres algo de beber, *mia cara*?

Ellie pensó que pasaba algo que no sabía y que no iba a gustarle.

La invadió la ira y el deseo de ser perversa.

–Lo de siempre, por favor –y tras sentirse recompensada por la mirada molesta de él añadió–: Gracias, cariño.

–Elena, creo que puedo llamarte así, y tú llámame abuela Cosima. Nos hemos conocido en circunstancias difíciles, pero debemos olvidarlo y mirar al futuro. ¿Estás de acuerdo?

Ellie se quedó desconcertada. La condesa hablaba como si hubiera habido un pequeño problema que se había resuelto a satisfacción de todos, cuando sabía que ese no era el caso.

–No podré olvidarlo fácilmente, pero trataré de hacerlo. Espero que eso la tranquilice.

–No exactamente –dijo la condesa–. Pero por ahora bastará.

Y después comenzó a hacerle tal cantidad de preguntas, que Ellie pensó que la Inquisición no era solamente española, sino también italiana.

Habló a la condesa de sus padres, sus amigos, su trabajo y su piso.

Cuando dijo que vivía sola, la condesa enarcó una ceja.

–Entonces, cuanto antes aceptes la invitación de los Damiano, mejor.

–No veo la necesidad. Además, me encanta mi piso. Es mi hogar.

–Pero por poco tiempo. Te vas a casar y vivirás en casa de tu marido.

Ellie apretó los puños.

—Lo haré cuando me case. Pero hasta entonces, me quedaré donde estoy.

—Debes darte cuenta de que eso es imposible. A Angelo no se le permitiría visitarte. De ahora en adelante, no puede haber ningún rumor sobre tu relación con mi nieto.

Cuando Ellie iba a decirle sin rodeos que no esperaba las visitas de Angelo y que no tenía relación alguna con su nieto, oyó la voz de este.

—Toma, Elena, un campari con tónica —y añadió son suavidad—: Como te gusta, *carissima*.

Ellie pensó con los dientes apretados que se lo había preguntado a su madrina.

Agarró el vaso deseando poder lanzarle el contenido a la cara para quitarle la expresión de burla.

En cambio se refugió en una actitud reservada y solo contestó con monosílabos cuando se dirigían a ella.

Al anunciar Giovanni que la cena estaba servida, se dio cuenta de que el grupo no estaba completo.

—Pero, madrina, Silvia y Ernesto no han bajado todavía.

—No están. Silvia tenía migraña y Ernesto se la ha llevado de vuelta a Roma. Pero no te preocupes por cómo vas a volver. Lo harás con nosotros y podremos mandar a por tus cosas a tu piso. ¿Te parece bien?

No, a Ellie no le parecía bien, pero sabía por experiencia que no podía negarse si era la decisión del príncipe Damiano. ¿Y desde cuando tenía migrañas Silvia?

Era como tratar de hallar la salida de un laberinto.

Cada vez que tomaba una dirección se daba de bruces contra una pared.

La residencia de los Damiano era imposible de mejorar. Las habitaciones eran enormes, de suelo de mármol y techo elevado.

Ellie dormía con sábanas de lino y la deliciosa comida se servía en platos de delicada porcelana. Su piso hubiera cabido solo en el dormitorio que le habían asignado, sin tener en cuenta el cómodo salón que lo precedía y el lujoso cuarto de baño que había al lado.

Pero se dijo que, cuando todo aquel sinsentido se hubiera acabado, su piso seguiría allí. Y esperaba que también su trabajo, aunque en la oficina se habían quedado asombrados ante su compromiso matrimonial.

Además, uno de los directores la había llamado a su despacho y le había preguntado sin rodeos cuándo pensaba dejar el puesto. Desconcertada, había tartamudeado que le encantaba su trabajo y que no tenía intención de dejarlo, a lo que el director le había contestado, con expresión escéptica, que su prometido podría tener una opinión distinta.

«Si cada vez que me lo mencionan, me sigo mordiendo los labios, pronto me quedaré sin ellos», pensó con rabia.

Más irritante aún era tener que soportar su presencia en la mansión, que visitaba regularmente y donde cenaba varias veces a la semana.

También le mandaba flores. El salón estaba lleno.

Y la besaba, sobre todo en la mano y la mejilla,

pero a veces en los labios, cuando ella no podía apartarse.

Suponía que la mayoría de las mujeres le preguntaría por qué no quería que la besara uno de los hombres más atractivos de Italia, y le resultaba difícil de explicar, incluso a sí misma.

No podía decir que fuera porque sabía que sus besos eran producto del deber y no del deseo, porque lo último que quería era que Angelo la deseara. Lo había aprendido en aquellos breves momentos en sus brazos, en la cama, cuando ella se había convertido en una perfecta desconocida para sí misma. Y al recordarlo se le seguía quedando la boca seca y temblaba de un modo que le resultaba desconocido.

Angelo le había presentado a sus parientes. La primera visita había sido la de la tía Dorotea, que la había mirado de la cabeza a los pies y había asentido como si estuviera satisfecha.

La *signora* Luccino había llevado a su hija Tullia, una mujer de cara dulce y alegre. Ellie pensó que, en otras circunstancias, podrían haber sido amigas.

La condesa Cosima la visitaba con frecuencia y la alarmaba con sus conversaciones sobre iglesias y vestidos de boda. En su opinión, era llevar el fingimiento demasiado lejos, aunque no tenía el valor de decírselo.

La ropa, en general, se había convertido en un problema. Ellie creía que, aunque su guardarropa fuera muy básico, era totalmente adecuado, opinión que no compartía su madrina. El armario de su habitación había comenzado a llenarse de faldas, pantalones y blusas de seda, cada conjunto con su bolso y sus zapatos a juego.

Como si el conde no pudiera verla dos veces con la misma ropa.

Había protestado repetidamente, pero la princesa no le había hecho caso y le había dicho que le encantaba verla tan bien vestida y tan feliz, mientras ella la miraba con la boca abierta.

Pero Silvia no había ido a verla. La princesa le dijo que Ernesto se la había llevado a pasar unas cortas vacaciones en Corfú, donde su familia poseía una casa.

Al cabo de un mes, Ellie se preguntó cuánto iban a durar las negociaciones entre el banco de príncipe Damiano y Galantana y cuándo llegarían a un acuerdo.

Hasta que eso no sucediera, no podría escapar de aquella jaula dorada y recuperar su vida.

A medida que aumentaba el calor, echaba de menos Casa Bianca, pero se habían negado a dejar que pasara allí algún fin de semana.

Cada noche se decía, con creciente desesperación, que aquello no duraría mucho más. Y, contra su voluntad, pensaba en el conde Manzini. Daba vueltas en la cama y metía la cabeza bajo la almohada para no ver su imagen, sin resultado alguno, lo cual hacía que se cohibiera aún más en su presencia.

Cuanto antes saliera de allí y recuperara la cordura, mejor.

Angelo salió del Crédito Europa Bank. Tenía una expresión tranquila al montarse en el coche y murmurar las gracias al chófer por abrirle la puerta. Pero su aspecto era engañoso.

Porque en su interior ardía de ira.

–¿Desea Su Excelencia volver al despacho? –le preguntó Mario, sorprendido por su silencio.

Angelo apartó el pensamiento de la reunión a la que acababa de acudir.

–No, llévame a casa.

El piso estaba fresco y silencioso. Como era habitual, Salvatore estaba haciendo la compra a esa hora del día, lo que estaba muy bien porque Angelo quería estar solo.

Se dirigió al salón mientras se quitaba con impaciencia la chaqueta y la corbata y las dejaba en una silla. Se sirvió un whisky, se lo tomó, se sirvió otro y también se lo bebió de un trago. Tenía la intención de emborracharse y no iba a perder tiempo.

No era para menos después de las noticias, no, del ultimátum que acababan de darle en el banco.

Aún no se lo creía. Pensaba haberse librado de la trampa que le habían tendido en Largossa, que cortejar a Elena, la mujer a la que habían utilizado, bastaría para conseguir lo que se proponía y que después volvería a ser libre.

Se sentó en el sofá mientras daba otro trago de whisky y miraba al vacío.

Era demasiado tarde. Aquel día, el príncipe Damiano había estado a la altura del apodo que, cuando era joven, recibía en los círculos bancarios: «el Cocodrilo».

–Mi esposa quiere mucho a su ahijada, conde Manzini, y está preocupada por el inmenso daño que sufriría su reputación si su relación con ella tuviera… consecuencias. Estoy seguro de que me entiende –le había dicho el príncipe, sentado a su escritorio, y con expresión grave.

«Y no lo he visto venir, estúpido de mí», pensó Angelo con amargura. «No me he dado cuenta de que me habían tendido otra trampa. Y aunque de haber sido sensato podría haber evitado la primera, no puedo hacer nada con respecto a la segunda.

No podía decirle que no habría consecuencias, ya que me habían inducido a equivocarme de cama, porque me habría echado a la calle. Por tanto, si quiero su dinero, tengo que hacer de tripas corazón y aceptar sus términos y convencer a Elena Blake de que se case conmigo, con la seguridad de que, en cuanto nos casemos, tendré el dinero».

Dio un puñetazo al brazo del sofá.

«Qué perspectiva. Tener que casarme con una mujer que me mira como si fuera una serpiente, que se encoge cuando la rozo y me contesta con fríos monosílabos».

«Pero sé que el príncipe no es quien mueve los hilos. Este horror se lo debo a su encantadora esposa, a mi abuela y a mi tía Dorotea».

«He tenido que estar loco para no darme cuenta de que no se quedarían satisfechas solo con un compromiso matrimonial. Y tenía que haberme preguntado si la candidata a ser mi esposa era realmente el chivo expiatorio que parecía».

Apuró el whisky y dejó el vaso. Pues bien, si no había otro modo de asegurarse el préstamo y todos querían convertir a Elena Blake en la condesa Manzini, les daría ese gusto.

Ella tendría el título y la posición social, nada más, porque era la última mujer que hubiera elegido y no pensaba hacerla su esposa de verdad.

Se dijo que continuaría buscando el placer donde

lo hallara, aunque de forma más discreta, y esperaba que todos, incluida Elena, estuvieran satisfechos con el resultado de sus maquinaciones.

Y como tenía el número de teléfono de una encantadora criatura que había conocido en una recepción la semana anterior, en vez de seguir bebiendo para olvidar, la llamaría para ver si estaba libre para comer y para lo que la tarde les deparara.

Al principio no creyó lo que oía, lo que su madrina le decía con dulzura, pero de forma irrevocable.

–Ni siquiera quería prometerme –respondió con voz temblorosa–. Pero ¿casarme con él? No puedo. Y sé que él tampoco lo desea.

–Pero después de lo que ha pasado, el conde te debe una reparación. Seguro que lo entiendes. El compromiso tiene que acabar en boda. Nuestras familias tienen un antiguo apellido, y el honor del conde, al igual que el nuestro, así lo exige. Además ya es hora de que se case. No habrás olvidado, querida, las circunstancias en las que os descubrimos.

–No –respondió Ellie con amargura–. Ni el motivo tampoco.

La princesa hizo un mohín de advertencia.

–Déjate de imaginaciones, Elena. No sirve de nada darle vueltas a lo que no se puede cambiar. Y no olvides que Angelo Manzini es uno de los solteros más cotizados de Roma y que a muchas jóvenes les encantaría ocupar tu puesto.

Ellie estuvo a punto de decir algo, pero lo pensó mejor. Aunque eso no implicaba que fuera a someterse dócilmente a aquel plan aterrador para su futuro.

Todo aquello del honor se remontaba al Renacimiento. «Pero», pensó furiosa, «yo no soy de la familia Damiano y no pienso serlo de la Manzini. Me apellido Blake y tomo mis propias decisiones».

«Así que no voy a casarme con este noble aunque se me presente recubierto de oro y de zafiros. Él se librará de mí, y yo de él».

Capítulo 5

AL día siguiente, cuando Angelo llegó, el mayordomo le informó de que la *signorina* Blake estaba en el patio y lo acompañó hasta allí.

Angelo nunca había estado tan nervioso al ir al encuentro de una mujer. Aunque, no era un encuentro cualquiera, desde luego. Muchas cosas dependían de su capacidad para convencerla de lo que quería hacer.

Elena estaba sentada en el borde del estanque del patio, con la cabeza inclinada y una mano en el agua.

Cuando el mayordomo anunció a Angelo, ella se levantó de un salto y Angelo se percató de que estaba tan tensa como él ante la reunión.

También se percató de que estaba más pálida que de costumbre y que apretaba los labios como si quisiera evitar que le temblasen. Pensó que estaba algo más que tensa: estaba asustada.

Pero le explicaría que la unión que le proponía no incluía ninguna de las obligaciones físicas de una esposa. De hecho, no le impondría prácticamente nada.

Caminó hacia ella y se detuvo a una prudente distancia para no asustarla aún más.

—Buenas tardes, Elena. ¿Cómo estás? —al ver que no respondía, prosiguió—: Creo que te han dicho por qué estoy aquí.

Sí –contestó ella con voz ronca y los puños apretados–. Y quiero que sepas que no puedo, que lo que me pides es... imposible.

–Pero aún no sabes lo que quiero. Y es lo que te voy a explicar ahora, en privado. Un acuerdo entre nosotros del que nadie sabrá nada. ¿Estás dispuesta al menos a escucharme?

–No hay motivo para que lo haga. Tengo que detener esto mientras pueda. Aunque te hayan obligado a pedírmelo, no me pueden obligar a decir que sí. Eso es propio de otras épocas. Sería una barbaridad. Hasta el príncipe Damiano lo reconocería.

–Creo que sobrestimas la tolerancia del príncipe. Espera que nos casemos, por lo que la boda se celebrará.

–No se celebrará.

–¿Hay otro hombre en tu vida?

–No, pero no se trata de eso.

Angelo suspiró y se sentó en el borde del estanque al tiempo que le indicaba que hiciera lo mismo. Ella obedeció de mala gana.

–Ni tus deseos ni los míos son lo único que hay que considerar, Elena, como creo que te he dejado claro. Me he comprometido a realizar muchos gastos para mi empresa basándome en el crédito acordado en principio con Crédito Europa, que me retirarán si no te casas conmigo, lo cual tendría consecuencias desastrosas, cosa que no estoy dispuesto a consentir. Galantana da de comer a mucha gente en estos tiempos difíciles y no voy a poner en peligro el éxito actual de la compañía ni el futuro de los trabajadores. Es evidente que no me quieres por esposo. Muy bien. Yo tampoco te quiero por esposa. Por eso sugiero que contemplemos nuestro matrimonio como un asunto de negocios, una inconveniencia temporal que terminará cuando haya pagado la ampliación de Galantana. Como solo compartiremos el mismo techo, anularemos la unión discretamente y se te recompensará generosamente por tu colaboración. ¿Qué me dices? —le sonrió persuasivamente.

Ellie se sonrojó de indignación.

—Es la proposición más inmoral que he oído en mi vida. Y si crees que voy a estar de acuerdo, es que has perdido el juicio.

Angelo se quedó callado durante unos segundos. Se sentía irritado y decepcionado a la vez.

—Si el acuerdo con Crédito Europa fracasa, no tendré razón alguna para ocultar lo que sucedió aquella noche en Largossa. Le contaré al príncipe la trampa que nos tendió Silvia y el motivo, y le diré que nuestro compromiso matrimonial va a acabar. Supongo que te imaginas lo que pasará después.

Ellie pensó con amargura que no se necesitaba mucha imaginación. El divorcio de Silvia y Ernesto sería una de las consecuencias, probablemente la menor. Todos se verían afectados.

—Eso es chantaje

—Digamos más bien que es un asunto de interés personal. Si no nos casamos, los Barzado no se callarán. ¿De verdad quieres ser la protagonista de las historias sobre orgías en Largossa? ¿Deseas ser la responsable del daño que sufrirá la reputación de los Damiano?

—Por supuesto que no —respondió ella con voz ahogada.

—Entonces se puede evitar fácilmente. Nos casaremos y, después, la vida seguirá prácticamente como hasta ahora, excepto por el hecho de que vivirás a mis expensas y en mi casa de Vostranto, que es lo bastante grande para que la compartamos sin molestarnos. Pienso vivir en el piso que tengo aquí, en Roma, durante la semana, así que no me verás mucho más que ahora —sonrió con frialdad—. Tal vez menos. Y pasarás las noches sola, que quede claro. Después, al cabo de uno o dos años, nos separaremos y serás libre y rica. Elena, te ruego que consideres lo mucho que nosotros y los demás perderíamos si insistes en rechazarme. Créeme que, si hubiera otra solución, la aceptaría.

Durante unos instantes, ella, aturdida por la incertidumbre, miró el suelo y deseó que se abriera y se la tragara.

—Me prometes… Me das tu palabra de que me dejarás en paz, de que no… —se calló avergonzada, sin saber qué decir.

—Te garantizo que no tendrás nada que temer. Creo que tuvimos bastante con nuestro primer encuentro.

—Sí —dijo ella con voz ahogada.

—Entonces, ¿puedo decirle al príncipe que aceptas ser mi esposa?

Ella alzó la cabeza y lo miró.

—Si no hay otro remedio, supongo que sí.

Él le tomó la mano y trató de llevársela a los labios, pero Ellie la retiró al tiempo que se ruborizaba.

—Deberías restringir tus acercamientos a los momentos en que haya espectadores.

—Como quieras —afirmó él tras unos segundos de silencio.

Pero en esos segundos, ella detectó la ira que lo invadía. Y aunque lo atribuyó a la típica reacción masculina de machismo herido, descubrirlo le resultó extrañamente molesto.

Se casaron dos semanas después. La ceremonia tuvo lugar en la capilla de la mansión de los Damiano.

Ellie se negó rotundamente a ponerse un vestido de novia y un velo, y eligió un vestido de seda azul, de cuello alto y manga larga.

La *signora* Luccino lo contempló con recelo, pero manifestó su absoluta desaprobación cuando se enteró de que el exceso de trabajo del novio haría que la luna de miel se pospusiera de modo indefinido.

–Me dejas atónita, querido Angelo. Creía que tu esposa tendría prioridad frente a asuntos laborales.

–Te preocupas sin necesidad, tía Dorotea. En Vostranto tendremos toda la paz y el aislamiento que podamos desear. ¿No es así, *carissima*? –se volvió hacia su esposa, que rezaba para que la farsa acabara de una vez, y lo antes posible.

Lo único positivo de aquel día aciago fue la ausencia de Silvia, que había acompañado a su marido en un viaje de negocios.

Pero no le había servido de mucho consuelo mientras se hallaba frente al altar y decía las palabras que, a ojos del mundo, la entregaban a Angelo Manzini.

Murmuró algo incoherente como respuesta a la pregunta que su esposo le había hecho.

Por otra parte, Vostranto era lo que menos le preocupaba de su matrimonio. La primera vez que Angelo la llevó, se sorprendió al ver la enorme casa de piedra con las colinas al fondo. Estaba compuesta de un cuerpo central y dos grandes alas laterales.

–Tus aposentos están en el ala oeste –le informó Angelo cuando entraron–. Los míos, en el ala este. Espero que la distancia sea suficiente para que estés tranquila –sonrió sin ganas.

–Eres muy considerado –dijo ella con voz inexpresiva.

–No es mérito mío, sino una tradición.

«Otra como la del honor familiar», pensó Ellie.

Un día, cuando ambos fueran libres, él se volvería a casar con una mujer que lo convencería de que se replanteara lo de dormir en habitaciones separadas porque lo querría tener a su lado toda la noche.

Y Ellie volvió a sentir, sin entender por qué, que algo se removía en su interior.

El salón era largo y de techo alto, con una chimenea incluso mayor que la de Largossa. Las ventanas de la pared del fondo estaban abiertas y daban acceso a una terraza desde la que se contemplaba el jardín.

Le habían dicho que los trabajadores encargados de las reformas habían acabado el día anterior, por lo que aún olía a pintura fresca. Escuchó en silencio la descripción fría e impersonal que Angelo le hacía sobre la modernización de la instalación eléctrica y la fontanería.

Del salón pasaron al comedor, con frescos en el techo, y de camino a la cocina pasaron por lo que Angelo denominó «mi despacho» sin entrar en él.

Assunta, el ama de llaves, era una mujer regordeta y sonriente que acabó de enseñarle la casa y sus aposentos en el ala oeste.

La cama, con dosel, tenía bordado el escudo de armas de los Manzini en la colcha.

Assunta le contó que allí había nacido Su Excelencia y la miró como si quisiera recordarle cuál era su deber.

En el cuarto de baño adyacente, había una bañera y una ducha semicircular en la que hubiera cabido el cuarto de baño entero de su piso.

Y nunca, aunque viviera cien años, tendría suficiente ropa para llenar todos los armarios del vestidor.

Se sintió abrumada por todo aquello e incluso un poco mareada. Se había dado cuenta de que todos los que trabajaban en la casa estaban al acecho para tratar de verla y que le sonreían con buena voluntad.

Assunta le dijo que hacía mucho que Vostranto no tenía dueña.

«Todos se sentirán decepcionados», pensó Ellie mientras bajaba del piso superior. Creyó que Angelo estaría esperándola en el salón, pero la habitación estaba vacía. Disfrutó unos segundos de la tranquilidad y el silencio y se dijo que así iba a ser su vida durante un tiempo, pero que ya estaba acostumbrada a estar sola en su piso y en Casa Bianca. Y que era lo que prefería.

Así que cuando, minutos después, Angelo entró desde la terraza y le preguntó si estaba lista para marcharse, ella le dijo que sí sabiendo que, cuando volviera, estaría contenta de hacerlo. Al menos esa parte de su vida como condesa Manzini sería soportable.

Pero no todo iba a ser así de fácil en su matrimonio. Estaba, por ejemplo, el asunto del trabajo.

—Mi esposa no trabaja —le había dicho Angelo en tono glacial al preguntarle cuánto tiempo después de la boda podría volver a trabajar.

Ellie se quedó con la boca abierta.

—Pero eso es absurdo —protestó indignada—. ¿Qué voy a hacer durante todo el día? ¿Mirar el techo? No, gracias. Me encanta mi trabajo. Lo hago bien y le he prometido a mi jefe que volvería pronto.

—Pues tendrías que haberme consultado antes y te habría dicho que de ninguna manera. No hay más que hablar.

—Claro que hay que hablar. He accedido contra mi voluntad a esta farsa. Ciertas compensaciones por tu parte no me vendrían mal.

—Si crees que no soy razonable, Elena, ten en cuenta las dificultades de tipo práctico. Ir hasta allí todos los días solo es una de ellas.

—Tengo coche —afirmó ella alzando la barbilla.

—Ya lo he visto. Es viejo y no es de fiar. Habrá que reemplazarlo por otro, pero eso no cambia nada. No tendrás tiempo de trabajar cuando seas la condesa Manzini. Tus predecesoras tenían todo el día ocupado llevando la casa y aprendiendo sus nuevos deberes.

—No puedo hablar por generaciones de mujeres oprimidas —replicó Ellie con la misma frialdad—. Pero me parece que la casa lleva mucho tiempo perfectamente sin ninguno de los dos.

—Pero eso cambiará al casarnos. Tengo la intención de utilizarla mucho más y tendrás que habituarte a ser la anfitriona cuando vengan mis amigos y conocidos. Creo que tardarás tiempo en hacerlo.

«En otras palabras», se dijo Ellie sintiendo un dolor agudo e inesperado, «no valgo para el puesto. Como si necesitara que me lo recordaran».

–Entonces, tal vez tengas que posponer tu vida social hasta que yo vuelva al mundo real y estés con alguien más adecuado para recibir a tus invitados –dijo en voz baja–. Estoy segura de que no tendrás problemas para elegir.

Se produjo un silencio.

–Te pido disculpas. No era mi intención herirte.

–No importa –contestó ella al tiempo que deseaba con todas sus fuerzas que fuera verdad. Y pensó que, si él creía que el asunto del trabajo estaba decidido, se equivocaba por completo. Cuando aquel «matrimonio» hubiera acabado, ella tendría que volver a trabajar, ya que no pensaba aceptar el dinero que le había ofrecido.

Sin embargo, no había previsto que Casa Bianca fuera otro motivo de discusión.

La princesa la había mencionado de pasada una noche, durante la cena.

–¿Qué pasará con tu refugio junto al mar cuando te cases, Elena?

Ellie vaciló al darse cuenta de que Angelo, que estaba hablando con el príncipe, había vuelto la cabeza hacia ella y la miraba con expresión interrogante.

–Un refugio para una recién casada… Suena un poco alarmante, *mia cara.*

–Mi abuela me dejó una casita en la costa, en Porto Vecchio, un pueblo de pescadores que no está de moda, así que supongo que no habrás oído hablar de él.

–No. Me imagino que la casa te causará muchos gastos y que, por lo tanto, querrás venderla.

–Al contrario, no tengo intención de deshacerme de ella, aunque es posible que la alquile en verano.

—Ya hablaremos de eso.

Ellie abrió mucho los ojos y preguntó en tono de fingida diversión:

—Pero, *mio caro*, ¿de qué tenemos que hablar cuando ya he tomado la decisión? «Además», añadió para sí, «¿no te has enterado de que los dictadores romanos desaparecieron con Julio César?».

Pero la forma de apretar los dientes de Angelo mientras volvía a mirar el plato la avisó de que el tema no estaba zanjado.

Sin embargo, no iba a renunciar a la casita por muchas objeciones que pusiera su marido.

La abuela Vittoria le había dejado una suma de dinero para cubrir el mantenimiento inmediato y los impuestos, que, por supuesto, no duraría para siempre. Y como ella no pensaba pedirle ni un céntimo al conde Manzini, conservar su trabajo y su sueldo le resultaba aún más importante.

Una noche, tumbada en la cama sin poder dormir, se le ocurrió una idea para resolver ese problema, aunque no le gustara a Angelo.

El conde estaba demasiado acostumbrado a salirse con la suya, sobre todo con las mujeres. Ya era hora de que se llevara su merecido, aunque no fuera en algo importante.

Había una habitación en Vostranto que no se usaba para nada, con un escritorio donde la madre de Angelo escribía la correspondencia.

Si instalaba allí su ordenador portátil, podría recibir trabajos de traducción de su empresa por correo electrónico y entregárselos, una vez finalizados, del mismo modo. Así no tendría que ir a la oficina y, si empleaba su apellido de soltera, nadie sabría que la condesa Manzini trabajaba, con o sin el consentimiento de su marido.

Necesitaría la ayuda de Assunta, pero no creía que eso fuera un problema.

Pero una semana después, tras brindar y repartir la tarta nupcial, y con el anillo de Angelo brillando en su mano, no estaba tan segura de que el ama de llaves fuera a ayudarla. Al fin y al cabo, en esencia la habían contratado para hacer un trabajo, por lo que su situación en Vostranto no era más que la de una empleada. Y mientras iba en coche con su marido camino de su nuevo hogar, volvió a experimentar una gran tensión.

—¿Te pasa algo? —le preguntó Angelo de repente.

—No —respondió ella, sobresaltada. ¿Por qué?

—Pareces inquieta.

—Los últimos acontecimientos no inducen precisamente a la calma.

—No sé qué más decirte para que estés tranquila.

—Ya sé que no te intereso y eso es lo que menos me preocupa —afirmó ella, desafiante.

—Entonces, ¿qué te preocupa?

—Hay algo que quiero decirte. He decidido trabajar desde casa… desde tu casa.

—¿Y cómo piensas hacerlo?

—Por correo electrónico. He preparado una habitación que usaba tu madre para que sea mi despacho. No te molestaré ni interferiré en las tareas domésticas que parecen ser tan importantes para ti y a las que me dedicaré el tiempo que haga falta. Sin embargo, debes entender que necesito seguir con mi trabajo y pensar en el futuro.

—¿No te fías de que pueda mantenerte? —le espetó él.

–Sí… de momento. Pero también valoro mi independencia, que durará mucho más que este falso matrimonio.

Angelo masculló una maldición.

–¿Y no pensaste en consultarme antes de organizarlo todo?

–Sí, pero ya sabía lo que ibas a decir. Y si ahora contradices las instrucciones que le he dado al personal, sabrá que mis deseos no significan nada para ti, por lo que me será difícil ganarme su respeto y llevar Vostranto con la eficiencia que deseas.

Tras unos segundos de silencio, él dijo en voz baja:

–Veo que te he infravalorado, Elena. Por esta vez, dejaré que tus órdenes se cumplan. Pero ten cuidado y no me subestimes. Sigo siendo el dueño de Vostranto.

–De la casa… Pero no eres mi dueño ni lo serás.

Él dio un volantazo y Ellie gritó mientras el coche se detenía en el arcén.

–¿Te gusta desafiarme, *mia bella*? –preguntó él con voz cortante–. Pues ya me he cansado.

La atrajo hacia sí con fuerza y la besó también con fuerza y sin piedad hasta dejarle los labios ardientes y doloridos.

Cuando levantó la cabeza, le lanzó una mirada burlona y cínica.

–Ahora ya sabes lo que pasa si me enfado. Te aconsejo que no vuelvas a provocarme, ¿entendido?

Ella contestó con una voz que le resultó irreconocible:

–Sí, entendido.

Y no volvió a hablar durante el resto del viaje.

Capítulo 6

ELLIE estaba de pie en la habitación que tendría que aprender a considerar suya, lo cual no la hacía menos imponente.

Además, era la única de la casa en la que se seguía sintiendo una intrusa.

Se llevó la mano a los labios, todavía ligeramente hinchados por el beso de Angelo.

Reconocía que había sido una estupidez provocarlo, pero su prepotencia agotaría la paciencia de un santo.

Se había sentido aliviada porque él no la había vuelto a mirar hasta llegar a la casa, cuando la escoltó hasta la puerta entre las dos filas de trabajadores que aplaudían, la tomó en brazos y atravesó con ella el umbral.

Ella se había visto obligada a sonreír como si fuera una novia de verdad y aquel ritual fuera a traer buena suerte a la pareja.

Los últimos días habían sido de gran tensión y en aquel momento, en medio de su habitación, se sentía exhausta y al borde de las lágrimas.

Después de tomarse un café en el salón, Angelo se había ido a consultar el correo electrónico y Assunta la había acompañado hasta allí.

Comprobó, sorprendida, que ya le habían deshecho el equipaje y que Donata, su doncella, había or-denado y guardado todo. Volvería después para ayudarla a bañarse y a vestirse.

–Pero no quiero tener doncella –protestó–. No sé qué hacer con ella.

–Ella lo sabe –afirmó Assunta–. Además, la esposa del conde Manzini necesita tener doncella. Y ahora, condesa, descanse hasta la hora de la cena.

Ellie tuvo que reconocer que la idea de descansar la atraía, aunque no en aquella cama enorme. Había un sofá-cama al lado de la ventana que le serviría para su propósito.

Se quitó los zapatos y se quedó en ropa interior. Las prendas eran de exquisita seda azul y formaban parte del ajuar que la princesa había insistido en regalarle.

Se tumbó mientras pensaba que eran prendas que ella no hubiera elegido y que, dadas las circunstancias, había sido malgastar el dinero.

Al igual que lo era el sueldo de esa doncella que habían contratado para ella. Pero pensó que cedería en ese aspecto, en aras de la armonía matrimonial.

«Al fin y al cabo, no puedo pelearme con él por todo», se dijo. «Guardaré la munición para cosas realmente importantes».

Angelo examinó la información de la pantalla del ordenador con satisfacción y cierto alivio. Le habían confirmado el crédito.

«Parece que el Cocodrilo es hombre de palabra», pensó con cinismo.

Se puso de pie. En algún momento tendría que volver a Roma a firmar los documentos necesarios, pero eso no sería un problema.

Su esposa no lamentaría su ausencia, sino que, tras haber acondicionado, como él ya había comprobado, una habitación, en otro tiempo muy bonita, como un espacio de trabajo impersonal, la celebraría.

Se preguntó por qué le molestaba tanto la idea de que ella siguiera trabajando cuando debería aceptar todo aquello que la mantuviera ocupada y lejos de él.

Y no debería haber consentido que su enfado por la obstinada resistencia de ella a sus deseos lo hubiera llevado a besarla de aquella manera.

Era lo último que pretendía. Había decidido ser amable y cortés, hacer que se sintiera cómoda en aquellas difíciles circunstancias y, en vez de ello, había sido un grosero.

Su conducta era inadmisible y debía enmendarla antes de que se convirtiera en imperdonable.

Tenían que compartir el mismo techo y sería mejor que lo hicieran con cierto grado de acuerdo entre ellos, al menos en público. Le enseñaría la carta de confirmación del crédito, que tomó de la impresora, para demostrarle que el sacrificio que los dos habían hecho estaba parcialmente justificado.

Pero no estaba seguro de poder convencerla, ya que la había juzgado mal: tenía voluntad propia, pensaba por sí misma y era evidente que no tenía una elevada opinión de él.

Así que tal vez fuese hora de corregirse y de establecer una relación que funcionara.

Suponiendo que fuera posible.

Ellie estaba medio dormida cuando oyó que llamaban a la puerta y que la abrían. Se incorporó apoyándose en un codo pensando que sería la doncella. Pero fue Angelo el que entró.

−¿Qué haces aquí? −Ellie se dio cuenta de que estaba en ropa interior y trató en vano de encontrar algo con que cubrirse−. ¿Qué quieres?

Él también parecía sorprendido y se le colorearon levemente las mejillas cuando la miró. Después se apresuró a mirar el papel que llevaba en la mano.

−He venido a darte una noticia.

−¿No podía esperar? −preguntó ella con sequedad.

−Si, pero creí que te gustaría saber que el príncipe Damiano ha accedido a llegar a un acuerdo con Galantana, por lo que nuestros días juntos están contados.

−Entiendo. Eso está muy bien.

−Suponía que dirías eso. Pero hay otro asunto del que deberíamos hablar. Me acaban de decir que el personal de servicio ha preparado una cena en nuestro honor esta noche. Han decorado el comedor con flores y han sacado el cáliz Mancini. En un momento dado de la noche, se llenara de vino y diversas hierbas y beberemos de él mientras el personal aplaude.

¿Y qué problema hay? −preguntó ella con el ceño fruncido.

−Ninguno, pero compartir el cáliz significa que esperamos que la noche de bodas sea dichosa y que tengamos muchos hijos −la miró con expresión sardónica−. Eso implica que no esperan que durmamos separados en tan importante ocasión.

Ellie se sentó olvidándose de la vergüenza.

−Pues se van a llevar una desilusión.

−Me has dicho en el coche que tenías que ganarte su respeto −le recordó con suavidad−. Debo decirte,

Elena, que no lo conseguirás mostrándote tan pronto como una esposa que no lo es en absoluto. De hecho, puede que tenga el efecto opuesto.

–Es un riesgo que tendré que correr.

–¿Cuando se puede evitar fácilmente?

–¿Dejándote dormir conmigo? –negó con la cabeza y añadió con voz ahogada–: Eso nunca. Sabía que no eras de fiar.

–No, pasando yo la noche en tu habitación en vez de en la mía –dijo él con frialdad–. Como ves, aquí caben media docena de personas. Hazme caso, Elena, tu vida aquí será mucho más fácil si creen que somos verdaderamente marido y mujer y que al menos nos tenemos afecto.

–¿Y que te quedes aquí esta noche bastará para convencerlos?

–Probablemente tendré que hacerte más visitas. Pero serán pocas y breves. No volveré a quedarme toda la noche. Si espero a que te duermas, ni siquiera te darás cuenta de mi presencia.

Ellie suspiró mirando el suelo.

–Entonces, de acuerdo. Pero.prométeme que mantendrás tu palabra y que no tratarás de… de…

–El mundo está lleno de mujeres dispuestas, *mia cara*. Nunca he obligado a una que no lo estuviera y no vas a ser la primera. Sin embargo, después de beber del cáliz, tendré que besarte. ¿Me sonreirás?

Mientras ella asentía de mala gana llamaron a la puerta y él se volvió.

–Ah, Donata, la condesa te estaba esperando, ¿verdad, *carissima*? –le tomó la mano y se la besó–. Hasta luego. Ardo en deseos de estar por fin a solas contigo.

Ellie lo vio marcharse furiosa por haberse sonrojado.

El día no mejoró.

Donata era cortés y eficiente, pero su forma de actuar parecía indicar que su nueva ama necesitaría toda la ayuda que le pudieran ofrecer.

«¿O soy demasiado susceptible? –se preguntó Ellie.

Más tarde, a la hora de la cena, disimuló su falta de apetito obligándose a probar todos los platos que sirvieron en la mesa adornada con rosas e iluminada con velas.

Y cuando llevaron el cáliz con mucha ceremonia, se levantó riéndose y estuvo en brazos de Angelo mientras bebían, e incuso soportó la cálida y firme presión de la boca de él en la suya mientras la besaba.

Después, se dispuso a retirarse a su habitación a esperar a su marido.

–¿Hay alguna otra vergonzosa costumbre medieval que deba conocer? –le había preguntado fríamente–. Espero que no vengan a examinar las sábanas para comprobar si soy virgen.

Al llegar a la habitación, Donata ya había abierto la cama y había dejado sobre ella un camisón de satén y la bata a juego.

Ella se desnudó y se lo puso. Al volverse para agarrar la bata se vio en el espejo y se detuvo porque fue consciente por primera vez, ese día, de que parecía una novia.

Y se preguntó cómo habrían sido las cosas si se hubiera casado con un hombre al que amara y que la correspondiera, de modo que estuviera esperando con emoción que su esposo llegara y la tomara en sus brazos.

Y la asaltó un sentimiento tan grande de soledad, que estuvo a punto de gritar.

Después de ponerse la bata, se sentó al tocador y se cepilló el pelo, tratando de tranquilizarse para recibir a Angelo con indiferencia y frialdad.

Pasó una hora sin que él diera señales de vida. Ellie agarró una novela de misterio que había llevado consigo, se quitó la bata, se metió en la cama y se puso a leer.

Pasó otra hora. Pensó esperanzada que tal vez Angelo hubiera cambiado de parecer y que pensara que su actuación en público bebiendo del cáliz era suficiente.

Cerró el libro y fue a apagar la lámpara de la mesilla cuando vio que la puerta se abría y que Angelo entraba silenciosamente. Se detuvo y la miró.

–Creí que ya estarías dormida.

Ellie observó que aparentemente solo llevaba puesta una bata de seda negra. Y durante unos segundos recordó la noche en la habitación de la torre y el roce de la piel de él con la suya.

–Estaba leyendo –contestó con la boca repentinamente seca.

–Debe de ser un libro fascinante para que estés despierta a esta hora –se acercó lentamente a la cama–. Deberías prestármelo para que me entretenga durante esta semana. Por precaución, ya sabes.

Fue al otro lado de la cama y comenzó a desatarse la bata.

–¿Qué haces? –preguntó ella con voz ronca.

–Meterme en la cama, naturalmente.

–No puedes –protestó ella.

–Si crees que voy a pasar la noche penando en el sofá, estás muy equivocada.

–Es muy cómodo.

–Quizá para ti, para dormir la siesta. Pero no para alguien de mi altura.

–Entonces dormiré yo en él –afirmó ella mientras apartaba la ropa de cama.

–Prefiero que te quedes donde estás. Te aconsejo que accedas a mis deseos, Elena. Si lo haces, pasaremos una noche tranquila. Si me desafías y me obligas a traerte de nuevo a la cama, atente a las consecuencias. Te sugiero que me des la espalda, apagues la luz y te relajes. Pronto te olvidarás de mi presencia.

Ella volvió a tumbarse las sábanas y apagó la luz. Después, sintió que el colchón se hundía ligeramente a una prudente distancia.

«Pero no estoy a salvo», pensó. «Tengo miedo y me resulta imposible olvidar que está aquí».

Angelo, por el contrario, no tuvo dificultades en hacer caso omiso de ella. En cuestión de minutos, su respiración indicó que se había dormido mientras ella, desvelada e inquieta, se dedicó a contar los minutos y las horas y a pensar en las noches que la aguardaban en que tendría que hacer lo mismo, hasta que aquel no-matrimonio terminara.

Y esperaba, con algo semejante a la desesperación, que fuera pronto.

Tres meses después

Ellie cerró el ordenador portátil sonriendo de satisfacción. Debido a la enfermedad de un colega, acababa de terminar de traducir un largo manual científico, lleno de jerga solo comprensible para los iniciados.

La dificultad de la tarea le había exigida una máxima concentración y le había quitado tiempo para pensar en sus problemas personales, como la dificultad de actuar con convicción en el papel de condesa Manzini.

Era un pensamiento que la asaltaba constantemente, pues su matrimonio duraba ya meses sin que ella supiera por qué.

Aparentemente, no tenía motivo alguno de queja. No había tardado a adaptarse a la rutina doméstica, que funcionaba como un reloj sin que ella tuviera que intervenir.

Y Angelo había mantenido escrupulosamente su palabra en cuanto a su vida en común: cada uno vivía por separado. Desde la noche de bodas, había estado en su habitación tres veces y cada uno había dormido en un extremo de la enorme cama.

Y en ningún momento había intentado tocarla.

Ella no lo deseaba, desde luego. Así que se había sentido aliviada al comprobar que él tampoco.

Tampoco la había vuelto a besar como en el coche. Cuando se saludaban o se despedían, él se limitaba a rozarle la mejilla o la mano con los labios, y solo cuando había otras personas delante.

A veces se preguntaba si tendría que seguir así el resto de la vida, sola y no deseada. Pero se convencía de que aquello acabaría y encontraría a alguien cuando la vida volviera a ser real.

Por tanto, no tenía nada de que preocuparse, al menos con respecto a Angelo.

Pero no podía negar que estaba sometida a una presión de naturaleza distinta, algo inesperado a lo que no sabía cómo enfrentarse.

Se levantó y se acercó a la ventana a mirar el paisaje.

Había comenzado seis semanas después de la boda. Su madrina la había invitado a una fiesta exclusivamente femenina en Largossa. Ellie se alegró de ver allí a la abuela Cosima, aunque no tanto de la presencia de tía Dorotea que, por suerte, llegó acompañada de Tullia.

El primer golpe lo recibió mientras tomaban el aperitivo.

–Tienes muy buen aspecto, cara Elena –afirmó la tía Dorotea–. ¿Tienes que darnos una buena noticia?

Ellie dejó la copa en la mesa muy despacio mientras trataba de reprimir las ganas de gritar. La pregunta de si estaba embarazada esperaba respuesta.

Pero no podía ofrecer ninguna.

Se obligó a sonreír.

–He pasado el fin de semana en Porto Vecchio y por eso tengo algo de color en las mejillas.

–Espero que Angelo también haya gozado del descanso. La última vez que lo vi parecía fatigado.

–No pudo acompañarme. Tenía un compromiso. Además es un sitio con muy con muy pocas comodidades. No es a lo que él está acostumbrado.

–¿Nunca ha estado allí? –la tía Dorotea parecía escandalizada–. ¿Te has ido sola cuando únicamente llevas dos meses casada?

–Mamá, por favor –intervino Tullia–. Las personas casadas no tienen que estar siempre juntas.

–Pues deberían. Sobre todo cuando está implicado el futuro de una antigua dinastía. Angelo necesita un heredero, y tal vez debamos recordárselo.

La abuela Cosima intervino con suavidad.

—Creo, querida Dorotea, que debemos dejar a esta pareja que viva como quiera y que disfrute de estos primeros meses de matrimonio. Estoy segura de que pronto habrá niños en Vostranto.

—Es poco probable si Angelo pasa la semana en Roma y Elena se marcha a la costa el fin de semana. Yo tuve a mi primer hijo en el primer año de casada porque sabía cuál era mi deber.

En ese momento, el mayordomo anunció que la comida estaba servida y Ellie se libró de seguir hablando de aquel tema.

Pero, desde entonces, la tía Dorotea le preguntaba por su estado cada vez que se veían.

Si las cosas hubieran sido distintas con Angelo, si fueran amigos en vez de dos desconocidos, se lo habría mencionado y le habría pedido que pusiera fin a la situación.

Tal como estaban las cosas, la soportó en doloroso silencio.

Mientras contemplaba su reflejo en el cristal se sobresaltó al oír la campana de la puerta principal. Las visitas eran poco habituales durante la semana y no se producían sin invitación.

Unos instantes después, el mayordomo llamó a la puerta.

—Ha venido la *signora* Alberoni. La he conducido al salón.

Ellie lo miró incrédula. ¿Silvia estaba allí? Era imposible.

«No quiero verla. Dígale que se vaya». El impetuoso rechazo fue tan claro en su mente que pensó que había pronunciado las palabras hasta que se dio cuenta de que el mayordomo esperaba su respuesta.

–Gracias, Giorgio. Dile a Assunta que nos traiga café y galletas.

Recuperó la compostura y se dirigió al salón para enfrentarse a su prima, la que, en una noche tumultuosa, le había arruinado la vida.

Capítulo 7

NADA más verla, Ellie se dio cuenta de que Silvia no estaba allí para disculparse. Se hallaba de pie en el centro de la habitación y miraba a su alrededor con los ojos entrecerrados.

–Te ha ido muy bien, *cara* –comentó mientras miraba la ropa de Ellie con desprecio–. Es extraño cómo salen las cosas a veces. Es la primera vez que estoy aquí. ¿Lo sabías? –le preguntó mientras se acercaba a la chimenea.

–No.

–Traté de convencer a Angelo de que me invitara, pero siempre ponía una excusa.

–¿Y qué excusa tienes para venir ahora? –preguntó Ellie, alzando la barbilla.

–¿Es que necesito alguna para ver a mi prima? –hizo una pausa–. No te mandé el regalo de boda porque no sabía qué regalarle a quien le había tocado la lotería. Has sido muy lista –se acercó a un sofá y se sentó–. O tal vez fuera idea de esas brujas, su abuela y su tía. Llevaban años intentando obligarlo a casarse contra su voluntad. ¿Les ofrecí la ocasión que necesitaban? ¡Qué ironía! –se echó a reír.

–Silvia, ¿cómo pudiste hacer una cosa así?

–¿Y por qué no iba a hacerlo? ¿Es que Angelo creía de verdad que iba a consentir que me desechara como si fuera un trapo? Nadie me trata así. Sabía la importancia del acuerdo con el tío Cesare y cuánto daño le haría que no se produjera. Así que decidí darle una lección. Sabía que no rechazaría mi invitación.

–¿Cómo pudiste implicarme a mí, a tu prima, como acabas de decir?

Silvia se encogió de hombros despreocupadamente.

–Porque sabía que eras la última mujer del mundo que a Angelo le resultaría atractiva, por lo que, cuando lo encontraran en tu habitación, se sentiría ridículo. Un toque final perfecto.

–Estás loca –afirmó Ellie con voz ahogada.

–Angelo me ha hecho sufrir. Y quería que también sufriera, que se diera cuenta de lo que había perdido al cortar nuestra relación.

–Pero no podía continuar. ¿Qué habría pasado si Ernesto lo hubiera descubierto?

Silvia volvió a encogerse de hombros.

–Se habría divorciado de mí, naturalmente, y yo habría quedado libre para casarme con Angelo.

–Si ya has dicho todo lo que tenías que decir, será mejor que te vayas.

–Creo que me quedaré un rato para que charlemos. Me muero por saber si te gusta la vida de casada. ¿Hace realidad Angelo hasta la más pequeña de tus fantasías? –la recorrió de arriba abajo con la mirada–. No pareces extasiada, *cara mia*.

–Piensa lo que quieras. De todos modos, no voy a hablar contigo de la relación con mi marido.

Aunque había sabido que tendría que volver a ver a su prima, pensó que lo haría en presencia de otras personas, no a solas.

Le sorprendió que el conde no hubiera dado órdenes de que no se la admitiera en su casa, pero tal vez
fuera porque no había creído que tendría la desfacha-
tez de invitarse ella misma.

Dio gracias por que no fuera a regresar hasta el
día siguiente, pues se imaginaba cuál sería su reacción si se encontraba a su antigua amante en el salón.

Sintió un profundo dolor. Se había esforzado en
no imaginarse a Silvia y Angelo como amantes, pero
la expresión de deleite de los ojos de su prima indicaba que no se había olvidado de lo que había sido
compartir su cama y su cuerpo.

Y que recordaba todos los detalles íntimos sobre
él, qué sentía cuando la besaba, la acariciaba, la poseía con pasión, algo que ella nunca conocería. Y
que no quería conocer.

Se dio cuenta asimismo de que no estaba mane-
jando bien la situación y de que Silvia estaría disfru-
tando de su turbación.

Casi se sintió aliviada cuando Assunta llamó a la
puerta y entró con el café y un gran surtido de galletas y tartas.

—¡Qué delicia! —exclamó Silvia—. Me estás miman-
do.

«Como siempre lo han hecho», pensó Ellie. «Todos te han hecho creer que podías tener lo que quisieras y preocuparte únicamente de ti misma. Y que,
hicieras lo que hicieras, te sería perdonado».

«Y yo también lo hice, a pesar de que la abuela
Vittoria y la madrina me advirtieron que tuviera cuidado porque, aunque yo siempre estuviera de tu parte, no tenía ninguna garantía de que tú fueras a estarlo de la mía».

«Tal vez por eso la abuela me dejó a mí la casa de Porto Vecchio. Porque sabía que algún día necesitaría poner distancia entre los dos».

–Assunta, asegúrese de que el chófer de la *signora* esté bien atendido.

–He venido conduciendo yo –dijo Silvia.

Assunta se retiró discretamente mientras Silvia hablaba del contenido calórico de los dulces.

–Debo tener cuidado con mi figura por Ernesto. Una mujer debe tener siempre el mejor de los aspectos para su marido, ¿no te parece?

Silvia no volvió a mencionar el tema de su matrimonio y se dedicó a hablar de sí misma.

–Es una pena que no pases más tiempo en Roma. Te enseñaría un mundo nuevo. Pero, de momento, enséñame tu casa. Todo, incluyendo los dormitorios.

Ellie respondió sin alterarse.

–Llamaré a Assunta, que conoce mucho mejor la historia de la casa que yo.

Silvia hizo un mohín.

–Preferiría que me la contaras tú, la dueña de toda esta magnificencia y de su dueño –se levantó–. ¿Quién lo hubiera dicho?

«Yo no, desde luego», se dijo Ellie.

Y volvió a preguntarse por qué estaba Silvia allí.

Angelo no podía creerse lo que había hecho. Era ridículo y le hacía dudar de su cordura.

Había enviado las flores por la mañana. Había reservado una mesa para comer en el restaurante de un exclusivo hotel y una suite para tomar el café.

Y había hablado con ella y le había sonreído y

acariciado su cuerpo con la mirada. Era hermosa, sexy y estaba más que dispuesta. Y era exactamente lo que necesitaba después de todas las horas que había trabajado para finalizar el proyecto Galantana. Y era un final glorioso tras tantas semanas de abstinencia.

· Pero llegó un momento en que se dio cuenta de que no iba a suceder. No fue consciente de haber tomado la decisión ni de por qué lo había hecho, pero supo con certeza que, al acabar la comida, no se produciría una consumación entre sábanas de seda, sino que pondría una excusa para marcharse.

Había visto la sorpresa reflejada en el rostro de ella, su incredulidad al percatarse de que la prometida seducción no se produciría. Al salir del hotel, no había dejado de insultarse a sí mismo.

Como le había dicho a su secretaria que no volvería al despacho, lo lógico era irse al piso.

Pero, sin saber por qué, allí estaba, conduciendo hacia Vostranto.

«Estoy loco» –pensó con amargura. ¿Qué recibimiento lo esperaba allí?

Aparcó el coche en el arcén. Se imaginó la cara de Ellie, pálida y tensa y evitando su mirada. Así había sido desde la boda y no sabía qué hacer para mejorar la desgraciada situación entre ambos.

Por primera vez se preguntó si habría otro hombre en su vida. Si su intrusión la habría privado de un amante, por el que seguía penando, y que por eso lo evitaba, sobre todo en aquellas ocasiones funestas en que habían dormido en la misma cama.

Pero si Elena hubiera estado enamorada y se hubiese entregado a otro hombre, ni su tía ni su abuela la habrían considerado una candidata adecuada para convertirse en la condesa Manzini.

Tampoco podía culpar a Elena de la situación porque, antes de la boda, no había tratado de cortejarla ni de aliviarla de la humillación de saber que se casaba solo para preservar un trato económico, ni de persuadirla de que, aunque no fueran a ser dichosos, podían mantener una relación amistosa e incluso placentera.

Y para demostrárselo, podía habérsela llevado de casa de los Damiano y haberla convencido para que le dejara que le hiciera el amor.

En cambio, furioso, había insistido en que su unión era estrictamente temporal y que no habría intimidad física entre ambos.

Eso era lo que le había prometido y a ello tenía que atenerse.

Tampoco parecía que hubiera posibilidades de alterar el status quo. No tenía pruebas de que ella se sintiera ni siquiera ligeramente atraída por él, sino más bien de que no le gustaba estar a solas con él o, peor aún, de que tenía miedo de estarlo.

«No deberíamos haber llegado a esto», pensó. «No debería haber consentido que esto pasara ni puedo dejar que continúe».

Suspiró y arrancó de nuevo.

Al aproximarse a la curva siguiente, oyó el claxon de advertencia de otro vehículo y aparecieron un camión y un Maserati que lo adelantaba.

Angelo, que ya había empezado a frenar, vio la cara pálida del camionero y dio un volantazo que lo sacó de la carretera.

Se detuvo unos metros más adelante, temblando y

con el corazón desbocado. Había estado a punto de producirse un desastre.

«Si hubiera ido más deprisa…», pensó.

Vio que el camión también se había detenido, y el conductor y otro hombre corrían hacia él.

El Maserati había desaparecido.

Angelo les aseguró que estaba bien y que el coche no había sufrido graves daños.

Había reconocido el coche y, por tanto, sabía quién lo conducía. Mientras proseguía el viaje, lo invadió una cólera fría y una invencible determinación.

Ellie oyó con alivio que el coche se alejaba. Se sentía emocionalmente exhausta, por lo que le dijo al mayordomo que iba a descansar y subió a su habitación.

Aunque no había cambiado lo más mínimo en sentido material, era distinta. Parecía que Silvia seguía allí examinándolo todo e insistiendo en ver el cuarto de baño y el vestidor, donde había observado con detenimiento las prendas.

–Al menos podrás aparecer en público, si es que Angelo permite que te vean con él.

Pero fue la cama en lo que más se fijó. La contempló en silencio mientras una sonrisa jugueteaba en sus labios.

–Trato de imaginarte entregándote en esta cama, pero me resulta imposible. Sigues pareciendo tan inocente e inmaculada que me pregunto si él se ha tomado la molestia de consumar el matrimonio. Tendrá que hacerlo, porque su deber es tener un hijo, como seguro que la condesa Cosima le ha recordado. Así que, por lo menos, le servirás para eso. Me pregunto qué le habrá hecho contenerse. Tal vez siga pensando en mí.

Ellie se obligó a mirar los ojos burlones de Silvia y a hablar sin alterarse.

—¿Por qué no se lo preguntas?

Silvia se echó a reír.

—No tendré que hacerlo. Me lo dirá muy pronto —acarició la colcha—. Esto no se ha acabado aún, cara, entiéndelo. Todavía lo deseo y volveré a tenerlo, como lo hubiera tenido aquella noche si no me hubiera visto en la obligación de castigarlo. Pero creo que ya ha sufrido bastante, ¿no te parece?

Había vuelto a sonreír y se había marchado. Ellie la siguió, muda de asombro y de otras emociones que no supo precisar.

De nuevo en su habitación, al volver a mirar la cama, le pareció que estaba sucia.

«Vamos», se reprochó con impaciencia, «solo acabas de pasar un mal rato, que te ha deprimido porque creías conocer a tu prima».

De todos modos, no quiso tumbarse en ella y lo hizo en el sofá. Pero, al sentirse incómoda, decidió probar otra cosa.

Entró en el cuarto de baño mientras se iba desnudando y se dio una ducha para aliviar la tensión y la inquietud que Silvia le había provocado.

Al salir, tanteó a ciegas buscando la toalla. Y, de pronto, alguien la envolvió en ella y la llevó en brazos al dormitorio, donde la dejó de pie.

—*Buona sera*, mi dulce esposa.

Ellie lo miró con sorpresa y enfado.

—¿Qué haces aquí? —preguntó sin aliento al tiempo que retrocedía—. ¿Cómo te atreves a entrar así?

–¿Y tú cómo te atreves a invitar a tu prima en mi ausencia? ¿Creías que le daría la bienvenida o que no me enteraría?

Después de la tarde tan horrible que Ellie llevaba, solo le faltaba eso: aquel sentimiento de vergüenza porque había vuelto a verla desnuda. Alzó la barbilla desafiante.

–No tengo que darte explicaciones. La mayor parte de tu familia nos ha visitado –Ellie no daba crédito a que estuviera diciendo esas palabras, a que fuera tan estúpida como él arrogante. ¿Con qué derecho se presentaba de improviso y le pedía explicaciones?–. ¿No tengo, por tanto, derecho a ver a mi único familiar vivo?

–Me sorprende que quieras hacerlo. ¿O es que las dos estabais compinchadas aquella noche en Largossa?

–Cree lo que te parezca, me da igual. Ahora, por favor, vete y no perturbes más mi intimidad.

–¿Tu intimidad? –dijo Angelo con desdén–. ¿Qué ha habido en este matrimonio salvo el respeto a la intimidad?

–Siento mucho que no estés contento con lo que tienes.

–¿Y tú sí lo estás? No me lo creo.

–Ya te he dicho que creas lo que te parezca –Ellie comenzó a temblar de frío y temió que él creyera que era de miedo.

Pero había algo distinto en él aquella tarde. Parecía tener los nervios a flor de piel

–Angelo, vete, por favor.

–Cuando me hayas dicho la verdad sobre tu prima. ¿Por qué ha estado aquí? ¿Qué quería?

—Quería ver la casa y burlarse de mí, claro está.

—¿Por qué motivo?

Ellie tragó saliva.

—Porque aquí estoy totalmente fuera de lugar. Y todos lo saben.

—Elena, eres la condesa Manzini. No hay nadie en esta casa que no sienta por ti afecto y respeto.

«Salvo tú», pensó ella.

Rechazó ese pensamiento y bajó la cabeza.

—¿Cómo puedes decir eso cuando saben… cuando deben saber que fingimos estar casados?

—Perdona, pero no creía que te importara. Nunca me has dado esa impresión.

—Tal vez haya sido hoy mientras Silvia miraba los retratos de la condesas anteriores, lo hermosas que eran, igual que ella —y añadió con amargura—: Sabían lo que se esperaba de ellas en todo momento, no como yo, que parezco un pez fuera del agua.

La expresión de Angelo se dulcificó un poco.

—Te aseguro que no te pareces a ningún pez conocido.

—Hablo en serio.

—Me alegro, porque ya es hora de que hablemos en serio.

Ella siguió sin mirarlo.

—¿Por eso has vuelto de repente, a mitad de semana, para decirme que has decidido que nuestro matrimonio termine?

Durante unos instantes, Angelo estuvo tentado de decirle la verdad: que había estado a punto de pasar la tarde en la cama con una hermosa mujer, pero que había cambiado de idea sin saber por qué.

Que había decidido volver a casa sin motivo alguno y que había tenido un accidente que le podía haber costado la vida.

Y que estaba dispuesto a empezar de nuevo.

Y lo había hecho al verla desnuda en la ducha, con el pelo mojado pegado a la cara y las gotas deslizándose por la piel blanca de sus senos hasta sus esbeltos muslos.

Había sentido un intenso deseo de lamer cada gota y sentir que los pezones de ella se endurecían ante el contacto con su lengua.

Se preguntó, asombrado, si se le había olvidado o si simplemente no se había dado cuenta de lo preciosa que estaba desnuda.

Pero se contuvo a tiempo y no dijo nada, al percatarse de la naturaleza de su confesión.

—No estoy aquí por eso —dijo en voz baja mientras ella alzaba la cabeza y lo miraba—. Lamento que mi disgusto por la visita de tu prima me haya hecho hablarte así.

—No importa, aunque no sé cómo se te ha podido ocurrir que la haya invitado.

—No pensaba con claridad. Pero he recuperado la lucidez y tengo que proponerte una cosa —hizo una pausa—. Elena, me gustaría que reconsideraras los términos de nuestro matrimonio.

—¿Que los reconsidere? ¿En qué sentido?

—Has dicho que las otras condesas sabían lo que se esperaba de ellas, y es verdad. Sabían, por ejemplo, que una de sus prioridades era proporcionar un heredero a la dinastía Manzini para asegurar su continuidad.

Ella no se movió. Parecía haberse vuelto de piedra.

—Y yo también tengo el mismo sueño: tener un

hijo que me perpetúe. Lo que te pido es que hagamos que nuestro matrimonio sea verdadero, que vivas conmigo como mi esposa y que seas la madre de mi hijo.

Ella lo miró como si no lo viese.

–No te pido que me respondas ahora –prosiguió él a toda prisa–. Sé que necesitas tiempo para pensarlo. Espero que podamos hablar más tarde, tal vez a la hora de cenar.

Sonrió y se dirigió a la puerta.

Ellie lo vio marcharse con una sensación de irrealidad mientras las palabras burlonas de Silvia le resonaban en el cerebro: «Tiene el deber de tener un hijo. Así que, por lo menos, le servirás para eso…».

«Esto es una locura», pensó. «No me está pasando. Debo de estar soñando».

Y aunque fuera cierto, si él de verdad le había pedido que cambiara su vida entera y sus esperanzas futuras, su respuesta siempre sería que no.

¿Qué otra podía ser? Y, de pronto, las lágrimas le nublaron la vista.

Capítulo 8

CUANDO se hubo calmado, Ellie se lavó la cara, se secó el pelo y se puso la bata.

Mientras se la ataba, oyó el ruido de un vehículo pesado en el patio. Al mirar por la ventana, vio que subían el coche de Angelo a un camión. Mientras se marchaba, Assunta llamó a la puerta y entró con toallas limpias.

—¿Le pasa algo al coche del *signor*, Assunta?

La mujer la miró sorprendida.

—Se ha dañado en el accidente, condesa, como sabrá.

—¿Qué accidente? —preguntó Ellie sobresaltada—. No la entiendo.

—El *signor* ha estado a punto de chocar con otro coche que estaba adelantando cuando no debía. Él no ha resultado herido, gracias a Dios, pero podría haberse matado. ¿No se lo ha dicho?

—No.

—Puede que no haya querido preocuparla.

—Sí, puede que sea eso.

—El conde quiere que le diga que la cena será a las ocho. Después de lo que le ha pasado, querrá acostarse pronto.

Cuando Assunta dejó las toallas en el cuarto de baño y se fue, Ellie se sentó mirando al vacío.

«Podría haberse matado…».

Sintió un escalofrío. Sí, habría recuperado la libertad, pero ¿a qué precio?

Volvió a verlo frente a ella, como había estado un rato antes. Y sintió algo parecido a un anhelo secreto y espontáneo que no había experimentado nunca y que no debía volver a experimentar.

«Un verdadero matrimonio…».

Sus palabras parecían un canto de sirena que la atraía hacia el desastre, y ella sabía que no podía permitirlo.

Angelo se había casado con ella por necesidad, no por deseo, y era la necesidad lo que le seguía impulsando. Era inútil y peligroso pensar otra cosa.

Al mismo tiempo, tal vez debiera reconsiderar la negativa tajante que había pensado darle y hallar otra forma de decirle que lo que le pedía era imposible.

Silvia le había dicho que no se la imaginaba entregándose a Angelo en aquella cama. Ella tampoco. Y no lo haría.

O no en la forma que él, sin duda, pensaba.

Porque ella era para él simplemente un asunto de conveniencia. Y tener un hijo con él no cambiaría las cosas. Sería poco más que una madre de alquiler. En la prensa se decía que se pagaba bien a las mujeres por prestar su cuerpo para ese fin, pero con condiciones estrictas.

Ella podría poner las suyas: normas que habría que cumplir rigurosamente y que también constituirían una salvaguardia contra fantasías absurdas sobre él o sobre el papel que ella desempeñaba en su vida.

Y el precio de su conformidad sería huir de aquella existencia sin sentido y recuperar la libertad. Durante unos instantes se puso a temblar ante la idea de decírselo. Pero se levantó llena de determinación. Al fin y al cabo, si él obtenía lo que deseaba, ¿qué podía importarle? Probablemente sería un alivio.

Eran casi las ocho cuando bajó. Angelo estaba en el salón y miraba el jardín con un vaso de whisky en la mano. Se volvió cuando ella entró.

–¿Quieres tomar algo? –le preguntó con una sonrisa.

–Sí, un zumo de naranja.

–¿No crees que las circunstancias exigen algo más fuerte? –inquirió mientras se lo servía.

Ella tomó el vaso y le dio las gracias.

–¿Te refieres a que he sabido por Assunta que has estado a punto de matarte? –preguntó ella con frialdad.

–Sí, entre otras cosas.

–¿Por eso has decidido de repente que quieres tener un hijo que prolongue tu apellido y que no quieres esperar a librarte de mí y a buscar una esposa que sea de tu agrado?

–Me ha recordado, ciertamente, que la vida es inesperada y frágil, y que no es seguro que la futura condesa a la que te refieres siquiera exista.

–No lo sabrás si no la buscas.

–Pero podría tardar siglos en encontrarla. Y también me he dado cuenta de que desperdiciar el tiempo es una insensatez. Además, mi decisión no ha sido tan repentina como crees.

–¿Y si te digo que me sigue pareciendo inaceptable?

–Intentaré hacerte cambiar de opinión. No me he olvidado, *carissima*, del dulce sabor de tus labios. Creo, si me lo permites, que podría hacerte feliz.

–¿Me vas a hacer una demostración de tu famosa habilidad con las mujeres?

Se produjo un silencio.

–No habría descrito mis intenciones en esos términos –dijo él al fin.

–De todos modos, da igual –Ellie suspiró–. La verdad es que quieres que tengamos un hijo. Para eso no hace falta que seamos amantes.

–Puede que me haya dado un golpe en la cabeza esta tarde, porque me siento estúpido. ¿Serías tan amable de explicarte?

–Antes me has dicho que querías que viviera contigo como tu esposa. Pero no puedo aceptar. Sin embargo, si quieres visitarme por la noche para dejarme embarazada, estaría de acuerdo. Pero solo con eso.

Se produjo otro silencio hasta que Angelo dijo en voz baja:

–Sigo sin estar seguro de haberte entendido. ¿Me estás diciendo que me consentirías acceder de vez en cuando a tu cuerpo únicamente con el fin de procrear?

–Sí –contestó ella sin mirarlo.

–Seguro que no quieres decir eso, Elena –dijo él con voz ronca.

–Claro que quiero. Esas son mis condiciones para tener un hijo tuyo y asegurar la sucesión de los Manzini.

Él dio un paso hacia ella y estiró el brazo como si fuera a acariciarle la mejilla, pero ella retrocedió.

Angelo se detuvo y la examinó con el ceño fruncido

–¿Así que no puedo esperar que pasemos las noches juntos y que durmamos uno en brazos del otro después de hacer el amor?

–Lo que debes esperar es que te dé un hijo pronto. Y estoy segura de que no pasarás las noches solo, así que saldrás ganando por partida doble.

–Es curioso que pienses así –apuró el whisky con brusquedad y se dirigió a la puerta, que sostuvo abierta para dejarla pasar–. Ahora, ¿vamos a cenar? Y después aprovecharé, por descontado, tu incomparable generosidad. ¿O necesito tu consentimiento por escrito? ¿No? Entonces, adelante.

Para Ellie fue la más difícil de las comidas en compañía de él. No probó bocado.

Angelo, en cambio, se comió todo lo que le sirvieron como si nada le preocupara.

Después, en el salón, se tomó el café y sonrió a Ellie, pero no con los ojos.

–Creo que es hora de retirarse, *carissima*. Le diré a la doncella que no necesitarás sus servicios esta noche. Estoy deseando estar a solas contigo.

Ellie subió a su habitación, se desnudó, se lavó y se puso uno de los camisones del ajuar. Después se sentó ante el tocador para cepillarse el pelo y tratar de tranquilizarse.

Acababa de dejar el cepillo y de levantarse cuando Angelo entró sin hacer ruido. Llevaba puesta la bata de seda negra habitual. La miró de arriba abajo e hizo una mueca.

–¿No es un poco tarde para la modestia? Sobre todo cuando estás a punto de sacrificar tu virginidad.

Ellie sintió que le ardían las mejillas.

—No digas esas cosas, por favor.

—Ah, entiendo. Tú me puedes tratar como si fuera el barro que se te pega a los zapatos, pero yo debo seguir siendo considerado.

Ellie permaneció inmóvil mirando al suelo, y le oyó suspirar.

—Aún no es tarde, Elena. Podemos olvidar todo lo que hemos dicho hoy y lo sucedido en los últimos meses si ahora te comportas conmigo como mi esposa en nuestra noche de bodas. Confíame tu inocencia y entrégate a mí por completo para que recordemos esta primera vez con alegría el resto de nuestras vidas.

Ellie se metió en la cama y recordó con dolor que Silvia había acariciado las sábanas.

—Creo que ya tienes suficientes recuerdos. No quiero añadir más a la cuenta.

—No volveré a pedírtelo. Que sea lo que tú quieras —contestó él con dureza.

Se quitó la bata y se metió en la cama con ella. Se apoyó sobre un codo y la miró. Masculló algo, probablemente una obscenidad, la atrajo hacia sí y la colocó debajo de él mientras le levantaba el camisón y le abría las piernas.

Con los ojos cerrados, Ellie experimentó la primera caricia íntima de unos dedos masculinos. Había hecho que se enfadara a propósito. Sin embargo, la exploración inicial fue más suave de lo que se esperaba. Sintió vergüenza mezclada con otra emoción menos fácil de definir.

Angelo alzó la otra mano hasta los senos de ella y, a través de la tela, le acarició el pezón con el pulgar de forma rítmica hasta que ella lo empujó con fiereza.

–No me hagas eso.

–*Carissima* –susurró él–. No soy un bestia. ¿Me vas a negar una caricia…un beso?

–«Sí», pensó ella, «porque quiero protegerme odiándote para no sentirme nunca tentada de dejar que te me acerques ni de desear más que esto».

Pero no dijo nada.

Él agarró una almohada y la colocó bajo las caderas de ella. Se situó encima de ella y Ellie sintió entre sus muslos la aterciopelada dureza masculina poderosamente excitada. Un escalofrío de aprensión la recorrió de arriba abajo.

Angelo se movió sin prisa y llegó con precisión al centro oculto de su feminidad. Comenzó a penetrarla lentamente descansando el peso de su cuerpo en las manos.

Ella le oyó susurrar que se relajara.

Pero no sintió dolor. Lo que le molestó fue lo extraño de la sensación y que su carne estuviera lista e incluso ansiosa de recibirlo.

No había previsto ese peligro.

Aunque seguía teniendo los ojos cerrados, su instinto le indicó que él la miraba buscando signos de molestia o miedo, y tuvo que contenerse para no acariciarle la cara, el pelo o el cuello.

Lo que era una completa locura, pero nada de lo que ocurría parecía real, salvo el cuerpo de él que, con un último movimiento, se introdujo totalmente en su interior.

–¿Estás bien, Elena? Necesito que me lo digas.

–Sí –susurró ella.

A pesar de todo, él se portaba con amabilidad. Ellie estaba perpleja.

Él comenzó a moverse en su interior, suavemente al principio, con más fuerza después. Se separaba un poco y volvía a introducirse más profundamente. Ellie comenzó a experimentar sensaciones peligrosas. Se dio cuenta, alarmada, de que tendría que reprimir el deseo de su cuerpo de responder al de él a medida que la fuerza se incrementaba; de que una ola desconocida invadía todo su cuerpo, amenazaba con desbordarla y la instaba a elevar las caderas en respuesta a cada cálida embestida.

Y entonces, terminó. Ella oyó que a Angelo se le aceleraba la respiración. Después él echó la cabeza hacia atrás mientras gritaba y ella sentía un chorro de líquido caliente en su interior. Luego, Angelo se quedó inmóvil y se produjo un silencio.

Él se quedó así durante unos segundos, con la cabeza inclinada, la respiración agitada y los hombros sudorosos. Después, con el mismo cuidado que al principio, se separó de ella y se tumbó a su lado con un brazo tapándole los ojos.

Ellie se quedó inmóvil, con el corazón latiéndole a toda velocidad mientras trataba de asimilar lo que había pasado. Se dijo que podía haber sido mucho peor, pero no se lo creyó. Le costó mucho más aceptar lo que podría haber sido.

Él había hecho exactamente lo que ella le había dicho. Había ganado. Entonces, ¿por qué se sentía como si hubiera perdido?

Volvió la cabeza lentamente hacia él en el momento en que se levantaba y recogía la bata.

—Enhorabuena, Elena. Has sobrevivido a la dura

prueba. Espero por el bien de ambos que pronto me des una buena noticia para que no vuelvas a tener que pasar por esto.

Ella fue a decir algo, no sabía el qué, tal vez solo su nombre, pero la puerta se cerró tras él antes de que pudiera hacerlo.

«Demasiado tarde», pensó mientras metía la cabeza bajo la almohada.

El abril siguiente

Hacía tiempo que Ellie había aprendido a comportarse en los eventos sociales a los que tenía que acudir con Angelo y a parecer una joven esposa que se aproximaba, dichosa, al primer aniversario de su boda con uno de los hombres más glamurosos de la ciudad. Y a ocultar a ojos de todos la realidad de su fracaso y de la amarga decepción de él, de la pesadilla en que vivían.

Aquella noche, la condesa Cosima daba una recepción para recaudar dinero para un orfanato. Ellie, con una copa en la mano y aspecto tranquilo iba por el salón saludando a sus conocidos.

Pero temía la vuelta a Vostranto y la visita mensual de su esposo a su dormitorio, que se llevaba a cabo, como siempre, con rapidez y frialdad.

«Una vez más», se dijo. Había que considerarlo así, aunque después tuviera que volver a decirle que tampoco se había quedado embarazada.

Pero tal vez, aquella noche, la Naturaleza se ablandara.

La abuela de Angelo le sonrió y le hizo señas al verla.

—Quiero presentarte a una querida amiga, la madre Felicitas, que es la superiora de las monjas que dirigen el orfanato.

—Es un placer, condesa. Siempre hemos gozado del apoyo de la familia Manzini, y su madrina, la princesa Damiano, también es nuestra benefactora –sonrió–. Y me han dicho que, a diferencia de la madre y la abuela del conde, usted trabaja, aunque espero podamos convencerla de hallar un hueco en su ocupada vida para nosotras. Sería un honor.

—Me gustaría mucho, aunque nunca me he relacionado con niños.

—Pero eso cambiará pronto, supongo. Así es la vida. Tengo que marcharme. Buenas noches, querida Cosima y gracias por todo lo que haces por los niños.

—Ven a sentarte conmigo –dijo la abuela Cosima a Ellie cuando la monja se hubo marchado–. Estás un poco pálida. ¿No trabajas demasiado?

—Creo que no.

—Angelo trabaja más que nunca en Galantana –observó Cosima en tono pensativo–. Y sigue usando el piso de Roma. Espero que tengáis tiempo para vosotros. Eso es lo que un matrimonio necesita para tener éxito.

—También requiere una pareja que se quiera –contestó Ellie en voz baja– y que no estén juntos a la fuerza por una tradición pasada de moda.

—Lamento que pienses así. Sé que mi nieto tiene graves defectos, pero esperaba que fuera un buen esposo para ti y que compartierais la vida.

«Pero nunca hemos estado más separados», pensó Ellie. «Y que Angelo pase tanto tiempo en Roma debería aliviarme, pero es una tortura, porque sé que nuestra falta de intimidad y la forma en que vivimos no puede bastarle».

«Es un hombre y tiene necesidades que no sé satisfacer. Cuando estoy con él en reuniones como esta y veo cómo lo miran las mujeres, me pregunto, a pesar de mí misma, dónde pasa las noches en Roma y con quién».

«Y me preguntaré esta noche, como siempre hago cuando viene a mí, si no está contento en secreto de no tener que fingir un deseo que no siente. Después cerraré los ojos, me clavaré las uñas en las manos y me estaré muy quieta tratando de no pensar en nada ni de sentir nada, lo que cada vez se me hace más difícil».

Y cuando vuelva a su habitación, estaré desvelada durante horas tratando de no llorar o, peor aún, de seguirlo y pedirle, rogarle…».

–Me temo que no es posible. No estamos hechos el uno para el otro.

–Lo lamento –dijo la abuela Cosima en voz baja–. Mucho antes de aquella noche en Largossa, tu madrina, la tía Dorotea y yo pensamos que serías la esposa ideal para Angelo. Parece que no acertamos.

–¿Sabía Angelo también lo que habíais pensado?

Cosima vaciló.

–No era un secreto para su familia ni para sus amigos que era hora de que se casara.

–¿Pero le propusieron que lo hiciera conmigo?

–Tal vez se lo mencionáramos, nada más.

–Ya veo –Ellie se levantó–. Eso explica muchas cosas.

«Y ahora entiendo por qué no había escapatoria para ninguno de los dos», pensó.

La abuela Cosima le tomó la mano y la miró angustiada.

–Elena, júrame que Angelo te trata bien.

–Teniendo en cuenta las circunstancias, es muy considerado y generoso –se tocó los pendientes de diamantes que llevaba puestos–. No tengo ningún motivo de queja.

Se inclinó y besó a Cosima en la mejilla antes de marcharse.

Miró alrededor buscando a Angelo. Lo vio escuchando atento y sonriente a alguien. Al dirigirse hacia él, descubrió que era Silvia, tan cerca de él que sus cuerpos casi se tocaban.

Ellie se dio la vuelta bruscamente y estuvo a punto de chocar con un camarero que llevaba bebidas. Se bebió la copa que llevaba en la mano, agarró otra y se la bebió casi entera antes de dirigirse a uno de los balcones. Se apoyó en la barandilla temblando.

Su marido estaba con Silvia. Era como si el tiempo hubiera retrocedido y hubieran recuperado su antigua intimidad. ¿Cómo podía haber pasado?

Desde la inesperada vivita de su prima a Vostranto el año anterior y la pelea que había provocado, su nombre no se había vuelto a mencionar. Tampoco la habían visto en ningún acto social.

Pero allí estaba, en un evento que en condiciones normales hubiera evitado, a menos que tuviera un buen motivo para acudir.

Ellie tomó otro trago de vino.

Una cosa era decirse que Angelo no estaba obligado a serle fiel y otra comprobar que la había traicionado con Silvia.

Se preguntó si a su prima le bastaba mover un

dedo para que él fuera corriendo a su encuentro. ¿La deseaba Angelo tanto, que no le importaba que se hubiera vengado de él?

–Pues si es así –dijo en voz alta–, no voy a quedarme a verlo.

Apuró la copa y se dirigió a la salida.

Una mano se posó en su brazo y la detuvo.

–Te he estado buscando –dijo Angelo–. ¿Dónde estabas?

–Representando el papel de tu esposa. Y ahora voy a llamar al chófer para irme a casa.

–¿Sin decirme nada? ¿Cómo iba a volver yo?

–Te iba a dejar un mensaje. Y creí que pasarías la noche en Roma, como sueles hacer.

–No cuando tengo cita contigo. Es una ocasión que no se puede perder.

–¿De veras? Pues por una vez tendrás que excusarme.

–¿Te duele la cabeza?

–No –contestó ella sin alterarse–. Acabo de decidir que no puedo seguir con esto, por lo que prefiero pasar la noche sola.

–¿Y si prefiero que no lo hagas? –sus ojos manifestaban su enfado.

–Tendrás que usar la fuerza o aceptar que estamos mejor separados.

–Sí, tal vez sea lo mejor esta noche. Así que no te entretengo más. *Arrivederci, carissima*.

–Buenas noches –susurró ella mientras se dirigía a la puerta tratando de no mirar hacia atrás para comprobar si él la miraba.

O si se había dado la vuelta buscando a Silvia.

Porque era algo que no podría soportar.

Capítulo 9

SE despertó lentamente y tardó unos segundos en situarse mientras se preguntaba por qué la cama era tan estrecha y Donata no estaba allí abriendo las contraventanas.

«Debo de haber soñado con Vostranto», pensó, «pero estoy en Casa Bianca. Vine ayer y no voy a volver».

Había transcurrido una semana desde la noche de la recepción, siete días y siete noches en los que no había sabido nada de Angelo, que estaba en Roma.

«Estamos mejor separados», le había dicho ella, y parecía que él estaba de acuerdo, que había aceptado que aquel desafortunado matrimonio tenía que terminar.

Al fin y al cabo, no había nada que los uniese, ni siquiera la esperanza de un hijo. Y ella aceptaría sin discutir los medios que él eligiera para que ambos volvieran a ser libres.

Tenía trabajo, casi más del que podía hacer, y buscaría otro piso en la ciudad. Reanudaría su vida e intentaría estar tranquila y considerar los meses anteriores como un error, grave pero no irreparable.

Suponía que Angelo había decidido que, a pesar de todo lo que le había hecho, Silvia era la mujer a la que deseaba, que no se la podía quitar de la cabeza y que la perdonaría como todos la perdonaban.

Debía de quererla de verdad. Y eso era lo único importante.

Y ella volvería a ser Ellie Blake, en vez de ese ser prefabricado que se escondía tras la condesa Manzini. Siempre le había parecido que estaba ocupando el lugar de otra y que, por muy bien que se vistiera, nunca desempeñaría el papel como Silvia.

Y no había nada que impidiera a Angelo volver a estar con ella. Había realizado la inversión que quería y la expansión de Galantana estaba en marcha, por lo que ya no le preocuparía la perspectiva de un escándalo cuando ella se divorciara de Ernesto.

Ellie decidió que les aseguraría a su madrina y al príncipe Damiano que su matrimonio nunca habría funcionado, que nadie tenía la culpa y que lo mejor para todos era darlo por concluido.

Y que esa decisión le producía un gran alivio.

De todos modos, la familia se enfadaría y se sentiría desilusionada.

Pero no podría explicarles por qué la situación se había vuelto imposible para ella, por qué no podía seguir soportando el ritual para concebir por parte de un hombre cuyos deseos y pasiones siempre habían estado en otro sitio.

Ni ella misma sabía por qué le había parecido tan necesario ser ella la que pusiera fin a todo y se marchara. Se dijo que tenía que ser por orgullo.

O tal vez hubiera sido por el correo electrónico que por fin había recibido de Angelo en el que le decía que volvería el fin de semana porque las cosas no podían seguir así y tenían que hablar.

Se había quedado sentada mirando el mensaje mucho tiempo, antes de borrarlo, porque sabía que había ciertas cosas que no soportaría escuchar.

Mientras subía a su habitación para hacer los preparativos para marcharse pensó que, aunque su matrimonio hubiera estado condenado desde el principio, también ella era responsable de su fracaso. Y que nadie debía sospechar, y mucho menos Angelo, que el triunfo de Silvia le producía un dolor insoportable.

Cuando había bajado con la bolsa de viaje sonriendo alegremente, le había dicho a Assunta que iba a tomarse unos días de vacaciones y que no sabía cuándo volvería.

Y solo tenía un lugar al que ir.

Se incorporó lentamente en la cama y miró a su alrededor. La casita siempre había sido su refugio. Allí tenía su propio espacio, sin recuerdos molestos de nadie más.

Al apartar la ropa de cama con la mano, vio la marca que le había dejado el anillo de casada. Nunca lo llevaba cuando iba allí, porque pertenecía a otra vida que dejaba atrás temporalmente.

Pero esa vez se había marchado para siempre, así que lo dejó en el dormitorio de Angelo, con todas las joyas que le había regalado y una nota en que le decía que, en vista del desastre de su matrimonio, se marchaba para no prolongar la desgracia de ambos. Y terminaba añadiendo que no quería nada de él salvo la disolución legal de su relación y deseándole lo mejor para el futuro.

De ropa se había llevado poco más que lo puesto, ya que la ropa de diseño nunca le había gustado. Además, allí tenía muchas prendas más de su agrado.

Salió descalza de la habitación y fue a la cocina. La *signora* Alfredi, la vecina que le cuidaba la casa cuando no estaba, le había dejado una bolsa con provisiones para el desayuno en la mesa.

Ella se pasaría después por las tiendas del pueblo y, para comer, vería lo que habían traído los pescadores. Por la noche, cenaría, como habitualmente, en una pequeña *trattoria* del muelle.

«Mi rutina», pensó. «Es como si no me hubiera ido y estos últimos meses no hubieran existido. Esto es lo que necesito».

Sin embargo, a pesar de la determinación de Ellie, la magia de Casa Bianca tardó en funcionar un par de días.

Dormía mal y se alegraba de no recordar lo que soñaba. Y le resultaba difícil concentrarse en su trabajo.

Después de una sesión especialmente difícil, cerró el ordenador y decidió salir a tomar el aire para ver si se le aclaraban las ideas.

Al salir pasó por la casa de la *signora* Alfredi para recoger a su perro, Poco, que solía acompañarla en sus paseos. Era un animal pequeño, pero de energía inagotable.

El perro correteó a su lado alegremente por el paseo marítimo hasta que bajaron a la playa, casi desierta, donde buscó un palo para que Ellie se lo lanzara y él se lo devolviera, un juego del que ella se cansaría mucho antes que el animal.

Hacía calor, a pesar de la brisa, y Ellie se puso a caminar por la orilla.

Cuando Poco le devolvió el palo por enésima vez, ella se quitó las alpargatas y se metió corriendo en el agua mientras se reía y se salpicaba la ropa. El perro la siguió ladrando excitado y saltando para recuperar el tesoro que ella sostenía con el brazo levantado.

De pronto se sintió llena de júbilo y de la libertad que anhelaba hacia tiempo.

Cuando deshicieron el camino andado, miro hacia el paseo marítimo y le pareció distinguir, cegada por el sol, la figura de un hombre inmóvil. Se llevó la mano a la frente para protegerse los ojos, pero, al volver a mirar, no vio a nadie.

Lanzó el palo por última vez y volvieron a casa.

La *trattoria* estaba llena de gente aquella noche. Ellie se sentó a una mesa y esperó a que Santino, el dueño, apareciera.

Iba a empezar a tomarse el primer plato cuando se dio cuenta de que el murmullo de las conversaciones había cesado de repente.

Alzó la vista y vio el motivo.

Él estaba en la entrada mirando a su alrededor tranquilo y sonriente, seguro de sí mismo y muy guapo, y vestido con ropa informal pero cara.

Era alguien a quien ella no había visto nunca en el local ni en Porto Vecchio, porque se habría acordado, al igual que las demás mujeres de la sala.

Pero por memorable que fuera, no era su tipo.

Aunque, todo había que decirlo, parecía que el recién llegado no se daba cuenta del efecto que causaba en la clientela femenina.

Ellie observó, sorprendida, que se dirigía a su mesa.

«Oh, no. No es posible».

–*Buona sera, signorina* –su sonrisa encantadora fue como una caricia en la mejilla de ella–. Como ninguno de los dos tenemos compañía, espero que no le importe que me siente con usted.

–¡No! Quiero decir que prefiero estar sola.

–Cuánto lo siento. ¿Cree que habrá cambiado de idea cuando vaya a tomar café?

Ella tragó saliva.

–Me temo que no me quedaré mucho tiempo. Que disfrute de la cena.

–Estoy seguro de que así será, pero podría haber sido deliciosa.

Cuando el hombre se alejó, Ellie estaba alterada, a pesar de creer que había manejado bien la situación y le había dejado claro que no podía acercarse a ella. Pero era molesto que la única mesa libre fuera la que estaba enfrente de la suya, de modo que cada vez que alzaba la vista lo veía. Y veía que él la miraba.

No tenía derecho a hacerlo, pensó mientras se sonrojaba.

Terminó de cenar sin prisas, pagó la cuenta y salió sin mirarlo. Una vez fuera, tuvo ganas de correr, pero se dijo que sería ridículo.

En primer lugar, porque el recién llegado estaba cenando y, en segundo, porque era casi seguro que había captado el mensaje. Para los hombres de su clase, irse derecho hacia una mujer que apareciera en su campo de visión era un mero acto reflejo, y no iba a ser tan estúpida como para creer que hubiera algo más.

Había sido muy inesperado. Nunca le había pasado nada igual. Y no podía arriesgarse a relacionarse con nadie.

Mientras entraba en su casa se dijo que lo más sensato sería fingir que no había ocurrido nada. Y si volvía a molestarla, se lo diría a Santino.

Pero las cosas no llegarían tan lejos. Probablemente el recién llegado no estuviera acostumbrado a que lo rechazaran, sobre todo en público. Así que, con suerte, la noche siguiente cenaría en su hotel, sin pensar en ella.

Aunque no sabía por qué iba a pensar en ella. Se miró al espejo de su habitación. No había cambiado ni se había convertido en una belleza, en un objeto de deseo para un hombre atractivo.

No tenía sentido. De todos modos, el incidente había concluido. Por tanto, ¿qué más daba?

Ellie pensó en cenar en casa al día siguiente, pero se dijo que sería una estupidez no ir a su restaurante preferido por la remota posibilidad de que aquel hombre estuviera allí. E incluso aunque estuviera, no era probable que intentara de nuevo abordarla.

Eso no impidió que alzara la vista, nerviosa, cada vez que alguien entraba en la *trattoria*.

Se recriminó a sí misma por estar inquieta por alguien que probablemente se hubiera marchado ya del pueblo.

Pero estaba equivocada. A la mañana siguiente, cuando estaba en la playa con Poco, lo vio dirigirse hacia ellos vestido con pantalones cortos y camiseta.

–*Buongiorno* –la saludó amablemente mientras miraba el cielo–. Dicen que esta tarde lloverá. ¿Qué cree usted?

–Que es poco probable –contestó ella, dispuesta a seguir andando.

Pero él se agachó para acariciar a Poco.

–Parece que al menos a su perro le caigo bien, *signorina*. ¿Cómo se llama?

–Es de mi vecina –respondió ella con frialdad–. Se llama Poco.

–Tampoco es tan pequeño.

–Ella dice que se llama así porque, cuando era un cachorro y preguntó de qué raza era, le contestaron que «un poco de esto y un poco de lo otro».

–Creo que le dijeron la verdad –se incorporó con agilidad, con el animal debajo del brazo–. Mi amigo Poco y yo vamos al café que hay al lado de la iglesia. ¿Quiere venir con nosotros?

–Por supuesto que no.

–Entonces dígame donde vive para que le devuelva a Poco cuando hayamos terminado.

–No puede hacer eso –dijo Ellie, furiosa.

–¿Quién va a impedírmelo? –le tiró a Poco de la oreja y el animal le lamió la mano–. Además, él está dispuesto.

–No es su perro.

–Ni tampoco el suyo. Y tengo que tomarme un café. Si tanto le preocupa el bienestar de Poco, le sugiero que venga con nosotros.

Y se dirigió hacia el paseo marítimo. Ellie lo siguió, irritada por sentirse impotente pero sabiendo que no tenía más remedio porque de ninguna manera iba a consentir que el hombre se acercara a Casa Bianca.

Cuando les sirvieron el café, Ellie preguntó:

–¿Hace esto para castigarme?

–¿Por qué?

–Por haberme negado a cenar con usted el otro día –contestó ella mirándolo desafiante.

–¿El café aquí es tan malo que se podría considerar un castigo? Creo que no.

–Entonces, ¿por qué?

–Muy sencillo. El otro día vi a una mujer riendo y bailando en el mar como si nada le preocupara. Quería averiguar qué le provocaba tanta felicidad.

–Supongo que el hecho de darme cuenta de que no tenía que seguir sintiéndome desgraciada.

–¿Qué le hacía sentirse así?

Ellie apartó la mirada.

–No quiero hablar de ello.

–Ah, entonces se trata de un hombre.

–No, o no como usted piensa.

«Esto es peligroso», pensó. «No debería estar aquí. Debería agarrar a Poco y marcharme. Hablar con él de este modo es una locura».

–¿Cómo sabe lo que pienso, *signorina*?

–No lo sé. No lo conozco ni sé nada de usted. Y prefiero que siga siendo así –se levantó–. Ahora, si me perdona…

–Con una condición –le puso la mano en el brazo–. Que cene conmigo esta noche.

–Eso es imposible. Y no me toque, por favor.

El levantó la mano inmediatamente.

–Pero los dos tenemos que cenar. ¿Nos vemos en la *trattoria* a las nueve o voy a recogerla a su casa?

–¡No! De todos modos, no sabe dónde vivo.

–No sería difícil averiguarlo. María, la dueña del restaurante, tiene un corazón romántico.

–Por favor –dijo ella con voz cortante–, entienda

que no hay ninguna posibilidad de un… romance entre nosotros ni la habrá.

–¿Cómo está tan segura?

–Porque estoy casada –respondió ella sin alterarse–. Y una amarga experiencia es más que suficiente. ¿Contesta eso a su pregunta? Ahora, por favor, déjeme en paz.

Y se marchó sin mirar atrás.

Estuvo inquieta todo el día. Fue incapaz de traducir ni de hacer ninguna otra cosa. Y se dijo, enfadada, que no necesitaba ese tipo de distracciones. Había ido allí en busca de paz y tranquilidad y a curarse las heridas, no a enzarzarse en una batalla con alguien a quien no conocía ni quería conocer.

Estuvo tentada de hacer la maleta y marcharse.

Pero ¿adónde? A Vostranto no iba a volver, por descontado. Y presentarse en casa de los Damiano implicaría un montón de preguntas que prefería no contestar.

Además, ¿por qué iba a ser ella la que se marchase? Su sitio estaba allí; el de él, seguro que no. Así que no tenía derecho a inmiscuirse en su vida y perseguirla para divertirse.

Era un hombre que no había aprendido a ser amable porque no lo había necesitado; que estaba acostumbrado a servirse de su atractivo para conseguir lo que quería; y que no aceptaba un «no» por respuesta.

Pero con ella no le iba a valer de nada. Ya podía hacer su maleta de diseño y marcharse por donde había venido.

Pero, hasta que lo hiciera, no iba a quedarse prisionera en su casa. Ni a huir.

Decidió que cenaría en la *trattoria* esa noche porque era lo que hacía cuando estaba allí, y la presencia de aquel hombre no la disuadiría.

Y si no era capaz de concentrarse en su trabajo, buscaría otra cosa en que ocuparse.

Así que se puso a limpiar la casa.

A última hora de la tarde, se duchó, se lavó la cabeza y se puso unos pantalones blancos de algodón y una camiseta roja.

Caminó lentamente hasta el restaurante, tratando de aparentar calma.

Él estaba allí, sentado a una mesa para dos con flores, velas y una botella de vino blanco. María la esperaba para conducirla a ella.

Él se levantó con una sonrisa. Llevaba pantalones chinos y una camisa blanca con las mangas subidas.

–Así que ha venido. No estaba seguro de que lo hiciera.

–¿En serio? –se sentó–. Creía que usted no había tenido un momento de incertidumbre en toda su vida.

–No debería fiarse de las apariencias, *signorina*. Pero ¿debemos tratarnos de una manera tan formal? –le sonrió–. Me llamo Luca. ¿Y tú?

Ella vaciló.

–Helen –la traducción inglesa de su nombre, que solo usaban sus padres.

–*Buonasera*, Helen, encantado de conocerte.

–No acabamos de conocernos.

–Pues hagamos como si fuera así –hizo una seña a Santino para que les sirviera vino–. A tu salud –dijo él levantando la copa.

El vino hizo cosquillas en la boca reseca de Ellie.

–No sé qué hago aquí. Es un error.

–¿Por qué lo dices?

–Ya lo sabes.

–Ah, porque estás casada –le tomó la mano y le acarició con el pulgar la marca pálida que le había dejado el anillo de casada–. Pero no es fácil recordarlo.

Ellie, ruborizada y con el corazón latiéndole a mil por hora, retiró la mano.

–También olvidas que te he dicho que no me tocaras.

–Me resulta imposible no hacerlo.

Ella tragó saliva y dijo con un hilo de voz:

–Si piensas que va a pasar algo entre nosotros, te equivocas.

–Pues será una decepción que tendré que soportar –respondió él en tono alegre–. Sin embargo, podemos disfrutar de la comida. Ya he pedido: pasta con mejillones y lubina al horno. ¿Te parece bien?

–Muy bien.

Él volvió a levantar la copa.

–Entonces, *buon appetito*, para esto y para cualquier otra cosa que nos traiga la noche, Helen –y bebió a su salud.

Capítulo 10

HÁBLAME de tu marido –le pidió Luca mientras se tomaban el postre.

Ellie dejó la cuchara, sobresaltada. Él se había comportado de forma impecable durante la cena y habían hablado de generalidades. Y de pronto volvía a hacerle preguntas personales.

–No hay nada que decir.

–¿Nada? Entonces, ¿existe realmente o es una invención para mantener alejados a pretendientes no deseados?

–Existe, pero no puedo describirlo porque no lo conozco.

Él enarco las cejas.

–¿Estás casada con un completo desconocido?

–Fue un matrimonio de conveniencia, forzado por las circunstancias.

–A veces, esos matrimonios salen bien –afirmó él al cabo de unos segundos de silencio–. Con un poco de buena voluntad por ambas partes.

–Tal vez. Pero no en este caso.

–Pareces muy segura.

–He tenido mucho tiempo para decidirlo –«y ahora a causa de Silvia, también tengo una razón convincente», pensó–. Y he llegado a la conclusión de que tenía que dejarle.

–Y venir aquí. ¿Puedes decirme por qué?

–Porque sé que es el último lugar al que vendría mi marido.

Luca frunció el ceño.

–¿Qué le pasa a este sitio?

–No tiene glamour ni está lleno de gente guapa como esa con la que se fue a esquiar el invierno pasado.

–Y tú no lo acompañaste.

–No sé esquiar.

–Podrías aprender. O simplemente disfrutar del aire y la belleza de la montaña.

Ellie pensó que eso era lo que Tullia le había dicho.

«Ven con nosotros, Elena. Nos sentaremos en una terraza a tomar chocolate mientras mi marido, Angelo y los demás esquían. Además, como Angelo y tú aún no habéis ido de luna de miel, tal vez pudierais pasarla en ese sitio tan romántico».

Y ella había respondido, obligándose a sonreír:

«Demasiado público, ¿no crees? De todos modos, seguro que metería la pata. Me resbalaría y me rompería algo y le estropearía los planes. Hazme caso, es mejor que me quede en Vostranto».

Tullia había hecho un mohín, pero, cuando volvió, no dijo mucho del viaje, salvo que Ellie tenía razón al no haber ido porque se habría aburrido.

Angelo dijo aún menos.

Tratando de acabar la conversación y la noche rápidamente, le dijo a Luca:

–Tal vez sea una persona a quien le gustan los espacios cerrados.

–Y sin embargo, pasas parte del día en la playa.

Eso es distinto. Cuando estoy aquí, estoy sola y soy libre.

Él la miró sin sonreír.

−¿Es eso lo que vi la primera mañana: una danza de libertad?

−No lo sé. De todos modos, tengo que irme.

−¿No quieres tomar café?

−No, gracias. Pero ha sido una cena estupenda. Y ahora, tendrás que perdonarme −dijo mientras se levantaba.

Él también lo hizo.

−*Buona notte*, Helen. Que tengas dulces sueños. Y espero verte en la playa mañana.

−Tal vez no vaya. Tengo cosas que hacer.

−Pues será una desilusión para Poco y para mí −le agarró la mano y se la levó a los labios−. ¿Qué puedes temer ahora que estoy convencido de que estás casada?

«Esa es la pregunta del millón», pensó Ellie mientras se despedía con una tensa sonrisa.

Esa noche estuvo muchas horas despierta recordando cada palabra que había dicho y cada detalle de él: cómo volvía la cabeza, la longitud de sus pestañas, la forma de la boca…

Sentía hormigueos en la piel, tenía los pezones duros y un fuego entre los muslos.

«Esto está mal», pensó. «Y es una locura. No me reconozco ni sé lo que hago, y eso me asusta. Hay muchas razones por las que no debería estar pensando en él y el hecho de que aún siga casada es probablemente la menos importante».

«Luca, ¿por qué te he conocido ahora? ¿Por qué no fue hace mucho tiempo, cuando todo era distinto y yo también lo era?».

Al final se quedó dormida, pero se despertó al amanecer. Después de ducharse, trabajó durante varias horas sin permitirse pensar en nada más.

Mientras por fin cerraba el ordenador, se dijo que aquella era su vida de verdad y que no debía caer en la tentación de preguntarse si podría haber sido distinta.

Mientras limpiaba la casa, que ya estaba limpia, se dijo que sería una estúpida si iba a la playa, a pesar del caluroso día que hacía. Pero sabía desde el principio que era una batalla perdida. Así que se puso el bikini, unos pantalones cortos y una camiseta y se fue a la playa.

Al llegar a los escalones que descendían hasta ella, Luca le puso la mano en el hombro.

–*Buon giorno.* ¿Dónde está tu amigo?

–La sobrina de mi vecina se la ha llevado hoy de excursión y Poco ha ido con ellas.

–Entonces, ¿serás capaz de soportar mi compañía sin su presencia?

Llevaba unos pantalones cortos, unas alpargatas y las gafas de sol en la cabeza. El resto era piel bronceada.

–Me apetecía bañarme.

–A mí también. Te estaba esperando.

–¿Y si no hubiera venido?

–Habría ido a buscarte.

Él ya había extendido la toalla al lado de una roca y ella colocó torpemente la suya a su lado mientras la tensión crecía en su interior.

–No tengas miedo.

–No entiendo lo que pasa. ¿Por qué haces esto cuando sabes... cuando te he dicho cuál es mi situación?

–Me has dicho algunas cosas –sus miradas se cruzaron–. Pero no todas.

–Todo lo que puedo decirte.

–Al menos hasta que comiences a fiarte de mí –afirmó él mientras se quitaba los pantalones.

Ellie se quitó los suyos y la camiseta, llena de una timidez absurda. Se dio cuenta de que a él le gustaba lo que veía.

Entonces la tomó de la mano y se dirigieron a la orilla. Él apretó el paso y pronto estuvieron corriendo mientras Ellie se reía sin aliento.

Al llegar al agua, le pareció que estaba muy fría. Pero Luca le rodeó los hombros con el brazo y la empujó hacia delante.

Y cuando el cuerpo moreno y delgado de él se sumergió en las olas, ella lo siguió.

Hacía meses que no se bañaba, y toda la tristeza e incertidumbre que había experimentado durante ese tiempo parecieron desprenderse de ella mientra nadaba con suavidad y rapidez.

Cuando comenzó a sentir que los músculos le tiraban, volvió lentamente adonde Luca la esperaba.

–Nadas muy bien. ¿Dónde aprendiste?

–Aquí. Me enseño mi padre. Pero ahora he perdido la práctica y no estoy en forma.

–No lo parece. ¿Venías mucho aquí cuando eras una niña?

–Siempre que podía. Nos encantaba a todos. A la otra hija de mi abuela Vittoria y a su familia no les gustaba tanto. A mí me sigue encantando.

–Se nota. Pero es una pena que vengas sola.

–No me lo parece –comenzó a nadar hacia la orilla–. Me gusta estar sola.

–Lo cual es una pena mayor. Una mujer con ese don para ser feliz no debería preferir la soledad.

Cuando salieron del agua, Ellie se dirigió muy deprisa hacia la ducha con el corazón latiéndole a toda prisa. Cuando fue a apretar el mando para abrir el agua, la mano de él cubrió la suya mientras se metía con ella en la ducha y la atraía hacia sí.

Ella dijo en una voz que no fue capaz de reconocer como suya: .

–No, por favor, no lo hagas. No está bien.

–¿Me vas a hablar otra vez de tu matrimonio, Helen? –preguntó él en tono duro–. ¿Me vas a decir que perteneces a otro? ¿Querrías que fuera él quien estuviera aquí en vez de yo?

Ella susurró que no mientras Luca abría el agua y la abrazaba. Ella aspiró la fresca y salada fragancia de su piel. Le oyó latir el corazón, se apoyó en él y dejó descansar la cabeza en su pecho. Le temblaban las piernas en espera de lo que tuviera que ser.

Cuando el agua dejó de caer, él le puso la mano debajo de la barbilla para alzarle la cabeza y le dijo con voz suave:

–Te repito que no tienes nada que temer. Te lo prometo –y la soltó.

Cuando volvieron a donde estaban las toallas y se secaron, Ellie sacó de su bolsa la loción protectora y Luca, apoyado en un codo, la observó mientras se la aplicaba.

–¿Por qué me miras?

–Ya sabes por qué, *mia bella*. Así que no hay necesidad de jugar. Déjame que te la dé en la espalda, por favor.

Ella se tumbó de espaldas. Estaba rígida, y tenía los puños apretados.

Luca comenzó por los hombros con la suavidad que ella había imaginado… o temido. Mientras le extendía la crema con movimientos circulares, ella comenzó a relajarse.

Él bajó la mano y le desabrochó el sujetador. Ella se estremeció.

–No, por favor.

–¿Te gustaría que te quedara una marca en la espalda?

Ellie no supo qué responder. La caricia de sus manos la había dejado sin aliento, por lo que tampoco habría podido hablar. Cerró los ojos y se entregó a las sensaciones que experimentaba.

Él no se apresuró y terminó la aplicación un centímetro por encima de la goma del bikini.

–Ya no te quemarás.

Pero cada fibra de su cuerpo ardía, cada gota de sangre había revivido, y su cuerpo, largo tiempo hambriento, clamaba que lo saciaran, pedía una satisfacción que hasta aquel momento solo existía en su imaginación, una satisfacción de la que había aprendido a privarse al tiempo que trataba de soportar aquellos desgraciados encuentros en la cama matrimonial.

–Gracias.

–De nada –respondió él mientras le rozaba la nuca con los labios, antes de tumbarse en la toalla.

Ella fingió dormir y fue recuperando el ritmo de la respiración, pero su cuerpo seguía despierto, subyugado por la agonía de deseo que sus caricias habían despertado en ella.

Era un hombre con experiencia que sabía perfectamente el efecto que producían sus caricias, que trataba de excitarla, de que lo deseara.

¿No había sido su objetivo seducirla desde que entró en la *trattoria* y la vio? Al fin y al cabo, no lo había ocultado. Y frente al rechazo de ella, su resolución se había incrementado, aunque solo fuera para dar satisfacción a su ego herido.

«No tenía que haber dejado que esto empezara», pensó ella con desesperación. «Tenía que haberme marchado cuando todavía estaba a tiempo y haber llamado a Santino para que me dijera si Luca se había marchado y podía volver».

«Me he quedado por orgullo, para demostrarme que podía manejar la situación y mantenerlo a distancia. Por el mismo orgullo que hizo que me marchara de Vostranto, para convencerme de que era dueña de mi propio destino y tenía que tomar la iniciativa».

«¿Cómo iba a imaginar que algo como esto sucedería? ¿Que él aparecería de repente y me volvería la vida del revés de modo que ya no sé qué hacer ni quién soy?».

«Solo tengo la certeza de que, si le dejo aproximarse más, estaré perdida para siempre y lo lamentaré toda la vida. Y no puedo permitírmelo, sobre todo cuando él lo único que quiere son unas horas de entretenimiento».

Y siguió tumbada en silencio, a unos centímetros de él, mientras su cuerpo lleno de deseo luchaba con el torbellino de su mente. Sabía que le bastaría extender la mano para tocarlo, pero, al mismo tiempo, enumeraba las razones para no hacerlo.

Recordó una vez en que la urgencia de acariciar a un hombre, de ofrecerle su cuerpo, casi la había vencido, pero pensó en lo desgraciada que se habría sentido después y en la vergüenza que habría sentido, ya que él no la quería y solo deseaba una cosa de ella.

Luca era lo contrario del marido al que había abandonado, pero también era un enigma, lo cual lo hacía aún más peligroso.

Y los sentimientos que había despertado en ella, el deseo de que la acariciasen y la poseyeran, al final solo llevarían la desastre, ya que tampoco él querría comprometerse.

De pronto, se sobresaltó cuando él la tocó en el hombro. Se apartó dándose la vuelta sin recordar que tenía el sujetador del bikini desabrochado.

Se sonrojó de la cabeza a los pies mientras se cubría los senos a toda prisa con las manos, pero Luca se limitó a agarrar el sujetador y dárselo sin hacer comentarios.

Una vez que ella se lo hubo puesto, él miró al cielo.

—Hace mucho calor, así que sugiero que busquemos un sitio a la sombra para comer.

—Sí, buena idea.

Eligieron un bar al final del paseo y se sentaron a una mesa bajo una sombrilla. La comida fue deliciosa y Ellie se relajó.

Él le preguntó qué música, libros y obras de teatro de gustaban. Hizo que se riera con sus cínicos comentarios sobre la situación política y le preguntó su opinión sobre la economía global y el cambio climático. Y evitó hacerle preguntas a las que le resultaría imposible responder.

Ellie se dio cuenta en todo momento de que él no apartaba la mirada de ella. Ni ella de su rostro. Lo observaba fascinada, como si nunca fuera a cansarse.

Sintió el dolor de la necesidad reprimida y que, vergonzosamente y sin poderlo remediar, los pezones se le endurecían.

Y cuando terminaron de comer y pagaron la cuenta, Luca se levantó y dijo:

—Helen, *mia carissima*, creo que es hora de echar la siesta.

Y ella se fue con él, agarrada a su mano, a la Casa Bianca, a su refugio privado que hasta entonces no había compartido con nadie.

La mano le temblaba tanto al intentar meter la llave en la cerradura que Luca la agarró y abrió la puerta. Después, tomó a Ellie en sus brazos y traspasaron el umbral como si estuvieran recién casados.

Ya era demasiado tarde para que ella prestara atención a la voz interior que le decía que se detuviera porque aquello estaba mal, que no tenía futuro con aquel hombre que solo le ofrecía el placer del momento. Y sobre todo, que ella no hacía esas cosas y que tendría que pagar un precio que no podía permitirse.

Los labios de él se posaron en lo suyos y la voz se calló.

Estaban tumbados en la cama. Las pocas prendas que llevaban estaban tiradas por el suelo. Luca la había desnudado y luego se había desnudado él entre beso y beso. Sus manos la acariciaban como si fuera una delicada flor.

Él la atrajo más hacia sí y la besó más profundamente, introduciendo la lengua con deseo en la dulzura de su boca. Ella le respondió agarrándolo por los hombros y enlazando las manos en su cuello. Le acarició el pelo y fue recorriendo cada poro de su piel, incapaz, incluso en esos primeros momentos, de saciarse de él, como si la espera de toda una vida hubiera terminado.

Y supo que, a pesar del dolor que la aguardara, ya no había vuelta atrás.

Las manos de él descendieron hasta sus senos y le acarició los rosados pezones con la boca, haciendo que suspirara.

Hasta ese momento, ella no supo que su todo su cuerpo podía responder a las manos y los labios de un hombre explorándolo; que era excitante que le descubrieran el arco de la garganta o la suavidad de las axilas; que, al descender por su columna vertebral, jadearía, ni que gemiría de placer cuando él le agarrara las nalgas.

Pero nadie la había acariciado así antes ni le había susurrado palabras de deseo.

Tampoco había sentido antes la punta de una lengua en la oreja ni unos dientes mordisqueándole él lóbulo.

Ni le habían abierto las piernas como entonces ni había dado la bienvenida a la excitada erección de su amante entre ellas. Extendió la mano buscándolo y acarició la piel sedosa del miembro masculino, maravillada al sentir que el cuerpo de él se estremecía de placer y al darse cuenta de que su deseo era equiparable al de ella.

Los dedos de él se movieron sobre el cuerpo de ella al mismo tiempo produciéndole nuevas y exquisitas sensaciones al buscar su minúsculo pináculo escondido y hacer que cobrara vida de forma deliciosa. Ella gimió sin decir palabra mientras su cuerpo se arqueaba ante el delicado tormento de sus caricias.

Se percató inmediatamente de que estas cambiaban, se intensificaban y la conducían inexorablemente a un reino de sensaciones salvajes y la mantenían allí antes de liberarla en una agonía de placer.

Su cuerpo todavía temblaba cuando él se colocó sobre ella y la penetró. Después puso las manos bajos sus caderas y la levantó hacia él mientras le ordenaba silenciosamente que enlazara las piernas en su cintura.

Cuando comenzó a moverse lenta y rítmicamente en su interior, Ellie recordó otra ocasión, otro lugar y otro hombre.

Recordó las sensaciones, los instintos que había reprimido entonces, pero a los que ya daba rienda suelta porque todo era increíblemente distinto.

Respondió a cada embestida de él. Todo su ser estaba vivo y fascinado ante el inesperado potencial de su despertar sexual. Sentía sus músculos interiores cerrarse alrededor de él y después soltarlo y le oía gemir de satisfacción ante su respuesta, ante la gloriosa sintonía de sus cuerpos. Se aferraba a sus hombros mientras su boca bebía de la de él con ardiente placer.

«Nunca lo habría soñado», fue el único pensamiento que le vino a la mente.

Pero aquello no era un sueño, sino una hermosa realidad.

Luca comenzó a moverse más deprisa, penetrando con más profundidad en su cueva húmeda y caliente y Ellie experimentó una dulce tensión, como la de un puño al cerrarse lentamente. Soltó un gemido mientras lo miraba con los ojos muy abiertos. Las sensaciones que le producía se habían convertido en una espiral fuera de control.

Entonces, cuando sintió el primer espasmo y se disolvió en un éxtasis irremediable, gritó su nombre y oyó que él gritaba el suyo.

Capítulo 11

CUANDO el mundo dejó de dar vueltas, Ellie estaba en brazos de él con la cabeza apoyada en su pecho y Luca le retiraba el pelo húmedo de la frente. Se le ocurrieron mil preguntas, pero después de la pasión se sintió avergonzada al recordar cómo se había abandonado a él y supo que no podía preguntarle nada.

–¿Estás bien, *mia bella*? ¿No te he hecho daño?

–¡Oh, no! –vaciló–. Es que no sabía, no me daba cuenta de…

–¿Y ahora que lo sabes? –la tomó de la barbilla y la besó–. Espero que no lo lamentes.

–No, no lo lamentaré nunca, pase lo que pase.

–¿Ni siquiera cuando tenga que dejarte? –su mano descendió hasta la cadera de ella.

Se produjo un breve silencio.

–¿Estás pensando en marcharte?

–En algún momento, naturalmente. Tengo que volver al hotel a cambiarme de ropa para llevarte a cenar –la volvió a besar–. Pero no inmediatamente –murmuró mientras la acariciaba.

–No, no inmediatamente –y se entregó de nuevo al placer de sus caricias, de un deseo apasionado y mutuo.

Y se unieron de nuevo de una forma que trascendía lo puramente físico mientras alcanzaban la dulce agonía del orgasmo.

Ellie se dio cuenta de que estaba llorando.

Más tarde, preparó café y, al llevarlo al salón, encontró a Luca recién duchado, con una toalla alrededor de la cintura. Estaba examinando su ordenador y las carpetas que había a su lado.

Se volvió a mirarla y su sonrisa le recordó lo que acababa de pasar entre ellos en la ducha. Sintió que las mejillas le ardían.

–¿Trabajas aquí?

–Pues claro, igual que lo haría en cualquier otro sitio. Tengo que ganarme la vida.

–¿Y a qué te dedicas exactamente?

–Traduzco del inglés para una editorial.

–¿Historias de amor? –le preguntó en tono de burla.

–No, casi nunca traduzco ficción. Suele ser material técnico –abrió una de las carpetas y le enseñó un par de folios–. ¿Ves?

Él la atrajo hacia sí por la cintura y leyó haciendo una mueca.

–¿Te resulta interesante?

–Tal vez esto no, pero, en general, me encanta mi trabajo. En el futuro es posible que vuelva a trabajar en la editorial. Aún no lo he decidido.

–En tu situación, tendrás que tomar muchas decisiones –se bebido el café y dejó la taza–. Tengo que irme –recogió su ropa del suelo.

Cuando se quitó la toalla, Ellie se acercó a él y le acarició la espalda.

–¿De verdad tienes que marcharte? –susurró.

–Sí, *carissima*. Tenemos que cambiarnos de ropa

para cenar –contuvo la respiración cuando la mano de ella bajó aún más–. Y cuanto antes me vaya, brujita, antes volveré. Y cuando hayamos cenado, tendremos toda la noche para darnos placer, así que no me tientes ahora.

–¿Quieres decir que podría hacerlo?

Él se puso los pantalones y se volvió para abrazarla.

–Siempre –murmuró.

Una vez sola, Ellie se llevó la mano a la boca ante la sensación de plenitud que la invadía.

«Soy otra persona. He vuelto a nacer. Nada volverá a ser igual».

Y susurró el nombre de Luca con deseo.

Pero no podía durar.

Eso era lo que tenía que repetirse según pasaban los días y las noches e iba recuperando la cordura. No podía.

Por apasionada y dulce que fuera aquella locura, solo era un interludio: no tenía futuro. Y cuando el mundo real volviera a aparecer, tendría que aprender a volver a estar sola.

Era una mujer nueva que comenzaba a vivir otra vez.

Un par de veces deseó haber tenido las prendas de diseño que llenaban los armarios de Vostranto. Pero eran demasiado glamurosas.

Así que fue a la única boutique de Porto Vecchio y se compró un vestido no muy caro, de color crema con flores verdes. Él la observó complacido al verla.

–Estás preciosa –le susurró mientras la besaba.

Aunque pasaban juntos casi todo el día, además

de las noches, no le había pedido instalarse en Casa Bianca, como ella esperaba. Y dudaba a la hora de proponérselo. Al fin y al cabo, no era necesario cuando eran tan felices tal como estaban.

Él parecía haber aceptado su necesidad de trabajar porque, después de marcharse al hotel por la mañana, no volvía hasta mediodía, aunque tal vez tuviera asuntos que atender.

El buen tiempo continuó y cada tarde iban a la playa, normalmente con Poco.

—Se acabaron los días bonitos —le dijo un día su vecina mirando al cielo—. Mañana lloverá, o quizá esta noche.

—Espero que se equivoque —respondió Ellie, consternada.

—Nunca me equivoco. Llevo toda la vida aquí y sé que las cosas cambian muy deprisa. Así que aprovecha el día.

Mientras Ellie volvía a Casa Bianca, volvieron a asaltarla sus propios miedos y se estremeció como si ya hubiera empezado a llover.

Al final de la tarde, se había nublado y un viento fresco hacía oscilar la llama de las velas en la *trattoria*.

—Mi vecina tenía razón —dijo Ellie—. Todo lo bueno se acaba.

Él le agarró la mano y le miró el dedo anular vacío.

—Pero otras cosas pueden reemplazarlo.

—Tal vez no quiera que nada cambie.

—Pero las cosas tienen que cambiar —replicó él

con suavidad–. No podemos continuar como estamos. Sin duda te darás cuenta.

–Sí –ella retiró la mano–. Lo tengo asumido. Cuando llegaste aquí, no podías haber previsto que esto fuera a suceder, que nos fuéramos a conocer.

–Tienes razón, no lo había previsto.

–Y si te hubieras quedado en el hotel como la mayoría de los turistas, todo habría sido distinto. Quiero que sepas que yo tampoco me lo esperaba –dijo ella, mirando la mesa.

–Eso estaba claro. No fuiste fácil de convencer.

–Entonces, que quede claro esto también: tampoco espero ni quiero nada más.

Él permaneció callado durante unos instantes.

–Seguro que no quieres decir eso. ¿Lo dices a causa del pasado? ¿Por tu matrimonio?

–Lo digo porque cada uno de nosotros tiene su vida, con sus compromisos, lejos de aquí. Hemos pasado juntos un tiempo que ha sido maravilloso, pero eso es todo. No hay nada más ni lo habrá. Así que tal vez debamos tomar una decisión ahora. ¿No se dice «márchate mientras puedas»?

–¿Es eso lo que de verdad quieres?

Ella lo miró sin pestañear.

–Sí.

«Estoy mintiendo», pensó mientras se retorcía de dolor en su interior. «Quiero que me digas que, a pesar de todo, tenemos futuro. Quiero que me digas que me quieres. Deseo lo imposible».

Pero él dirigió la vista hacia la ventana, donde golpeaban las primeras gotas de lluvia.

–Parece que mañana no iremos a la playa –observó él en tono ligero–. ¿Qué hará Poco?

–Quedarse en casa con su ama –respondió ella en el mismo tono para ocultar la agonía que sentía por la pérdida–. Le encanta meterse en el mar, pero odia la lluvia. No se da cuenta de que también es agua.

Él fingió una expresión divertida.

–No es el único. ¿Siempre te han gustado los perros?

–De niña tuvimos un golden retriever –sonrió al recordarlo–. Se llamaba Benji. Lo eché de menos terriblemente cuando murió.

«Y esto va a ser como otra muerte», pensó.

–¿No tuvisteis otro?

–Fue imposible. Mi padre cambió de trabajo y nos mudamos a un piso sin jardín.

–Es una lástima –se recostó en la silla y la examinó con los ojos entrecerrados–. Trato de imaginarme cómo eras de niña.

«No me hagas esto, por favor».

–Canija, con trenzas y ojos grandes. Lo único que ha cambiado ha sido el peinado –dijo, haciendo una mueca.

Él miró al techo con desesperación.

–¿Cuántas veces tendré que decirte que eres muy guapa para que me creas?

«Al menos una vez al día durante toda la vida»

Santino les prestó un paraguas para volver a Casa Bianca.

Al llegar, ella se detuvo en la puerta.

–Será mejor que nos despidamos aquí.

–De ninguna manera.

Y, al igual que la primera vez, fue él quien abrió la puerta y la tomó en brazos para entrar. Al dejarla en el suelo, la miró a los ojos durante unos segundos.

–Esto no es sensato, hazme caso –insistió ella.

–Estoy de acuerdo. Pero ya es muy tarde para que lo sea.

La abrazó con suavidad y comenzó a besarla lenta y profundamente. Ella gimió de deseo antes de que él volviera a tomarla en brazos y la llevara a la habitación.

La desnudó con dedos hábiles y besó con suavidad su cuerpo. Ella lo abrazó y se entregó a él. Lanzó un grito entrecortado cuando él la penetró. Y se movieron al unísono, como habían aprendido. Cada uno conocía hasta el último detalle de la respuesta del otro.

Cuando Ellie comenzó a alcanzar el éxtasis, se dio cuenta de que él se contenía y se concentraba en el placer de ella en vez de en el suyo propio. Pero era muy tarde para protestar porque sus sentidos estaban fuera de control y su cuerpo se estremecía con los primeros espasmos del clímax.

E incluso después de que ella hubiera gritado, él no la dejó, sino que sus labios fueron descendiendo por su cuerpo tembloroso y le abrió las piernas para acariciarla voluptuosamente con los dedos y la lengua.

Ellie trató de decirle que era demasiado pronto, pero no pudo hablar, atrapada otra vez en la urgencia del deseo. Se dejó llevar inexorablemente y quedó exhausta al concluir.

Él dijo su nombre con voz ronca y volvió a poseerla. Su fuerte cuerpo la llevó hasta unos límites inimaginables y la mantuvo ahí durante una eternidad agónica antes de dejar que los dos alcanzaran el clímax.

Saciada, exhausta, Ellie sintió el preciado tesoro del cuerpo de él sobre el suyo y le acarició la cabeza, que estaba apoyada en sus senos.

«Después de la tormenta viene la calma», pensó.

Más tarde, al oír el viento que golpeaba las contraventanas y el rugido del trueno en la distancia, pensó
en todas las tormentas que vendrían y que le destrui-
rían la vida.

Y se preguntó cómo las vencería.

Se despertó al alba, sobresaltada. Se sentó en la
cama y descubrió que estaba sola.

Se quedó quieta tratando de percibir el sonido de
la ducha o el olor del café. Pero no los halló.

Y también vio que la ropa de Luca no estaba.

Se había acostumbrado a despertarse en sus brazos mientras se excitaba con sus besos.

Pero él debía de haber decidido, por fin, que lo
mejor era cortar radicalmente y se había marchado.
Sin un beso. Sin una palabra.

Se levantó. Con el recuerdo de la noche pasada,
de sus manos, sus labios, su aroma y su sabor, no podría volver a dormirse.

En el salón, miró a su alrededor con desesperación. Su refugio de tanto tiempo parecía triste y vacío, como si hubiera dejado de pertenecerle.

Inspiró profundamente y se dirigió a la cocina a
preparar el desayuno porque sabía que tenía que estar ocupada, no porque tuviera necesidad de comer.

Comió lo que pudo, se duchó y se puso unos vaqueros y un jersey.

Se sentó al ordenador con los dientes apretados,
pero la concentración la había abandonado. Se dedicó a
mirar la ventana, azotada por la lluvia, mientras se preguntaba dónde estaría Luca, qué hacía, qué pensaba.

Se dijo que había hecho lo correcto, que no había

llorado ni suplicado, por lo que al menos había sali-
do de aquella extraordinaria situación conservando la
dignidad.

Y un día podría volver la vista atrás y sentirse orgullosa e incluso contenta de haber sido fuerte.

Al final desistió de trabajar, se puso un chubasquero y salió a pasear.

Bajo un cielo de plomo, el mar gris lanzaba olas
llenas de espuma a la orilla, cuyo estruendo competía
con el del viento.

Con la cabeza inclinada, avanzó con esfuerzo por
el paseo marítimo desierto mientras imaginaba que en
cualquier momento él diría su nombre, su verdadero
nombre, ella levantaría la vista y lo vería allí, vinien-
do hacia ella para decirle todo lo que anhelaba oír.

La noche anterior, en la *trattoria*, el miedo y el
orgullo habían podido más que ella, pero en aquel
momento solo sentía que lo necesitaba y que deseaba
ser suya.

Se detuvo y miró el edificio del hotel. Lo que estaba planeando era el colmo de la estupidez, pero,
como había dicho él la noche anterior, era tarde para
ser sensatos.

«Tengo que verlo», pensó. «Hablar con él. No
puedo dejar que esto termine así, sin saber, sin estar
segura…».

Subió las escaleras que llevaban al hotel, atravesó
los jardines y llegó a la puerta principal.

El vestíbulo estaba casi vacío. Se dirigió al mostrador de recepción con el chubasquero chorreando.

Un hombre alzó la vista de la pantalla del ordenador y la miró como si no creyera que aquel espanta-
pájaros se hallara en tan lujoso lugar.

Le preguntó con aire de superioridad:

—¿Qué desea, *signorina*?

Elena se quitó la capucha.

—Quiero hablar con el conde Manzini. Creo que se aloja aquí.

—Se alojaba. Salió para Roma hace dos horas.

La tierra se abrió bajo los pies de Ellie, que se apoyó en el mostrador.

—No sabía que se fuera a marchar tan pronto. ¿Le ha dicho por qué?

El hombre la miró con desdén.

—Su Excelencia no ha dado ninguna explicación de su partida, *signorina*. No tiene por qué. Pero creo que recibió una llamada telefónica.

—Entiendo. ¿Sabe si va a volver?

—No me lo ha dicho. Era evidente que tenía prisa.

—Bueno, siento no haber podido verle, pero sin duda nos veremos en Roma, cuando yo también vuelva.

—Desde luego, *signorina* —inclinó la cabeza con falsa cortesía—. ¿Desea algo más?

—No, gracias. Tenía que haber llamado por teléfono en vez de venir hasta aquí para nada.

Mientras se dirigía a la entrada notó que le temblaban las piernas. No se atrevió a bajar de nuevo las escaleras, así que descendió con cuidado por la colina, medio mareada por las preguntas que se le agolpaban en el cerebro.

Al llegar a Casa Bianca, la puerta de la casa de la vecina se abrió, y esta apareció protegiéndose bajo un paraguas con un sobre en la mano.

—Es para ti —le lanzó una mirada astuta—. Un chico ha estado llamando a tu puerta. Un botones del hotel, creo.

El sobre era grueso y de color crema, y llevaba su nombre «Elena», escrito.

–Gracias –Elena se obligó a sonreír y entró en su casa con el sobre, ante la clara decepción de su vecina. Se quitó el chubasquero y lo colgó en a ducha para que se secara. Se sentó y abrió la carta.

Comenzaba de modo abrupto.

Las circunstancias me obligan a volver a la ciudad, y tal vez sea lo mejor, aunque todavía tenemos mucho que decirnos.

Tenías razón, por supuesto. No vine a Porto Vecchio para ser tu amante. Mi propósito, por el contrario, era que nos pusiéramos de acuerdo para la separación que me pedías al marcharte de Vostranto.

Me desvié de mi objetivo, pero la ridícula farsa, que no tenía que haber comenzado, ha llegado a su fin. Luca y Helen han dejado de existir y hay que olvidarlos. Acepto asimismo que nuestro matrimonio ha terminado.

En conclusión, es mi intención pasarte una generosa pensión cuando nos divorciemos.

Pero ya hablaremos de ello cuando volvamos a vernos.

La firma era un trazo oscuro al pie de la página, y Ellie percibió la ira que había en ella como si le hubiera dado una bofetada.

Se quedó mirando con amargura las palabras escritas hasta que se le volvieron borrosas debido a las lágrimas, que no pudo contener, y acabaron por desparecer mientras lloraba por todo lo que podía haber sido, pero que se había perdido para siempre.

Capítulo 12

RIDÍCULA farsa…»
Esas palabras persiguieron a Ellie el resto del día y buena parte de la noche.

No dejaba de repetirse que eso era lo que había sido. Lo había sabido desde el principio, pero había optado por olvidarlo transitoriamente, por dejarse arrastrar a aquella payasada que él había iniciado. E, increíblemente, se la había llegado a creer.

Había llegado a pensar que Angelo Luca Manzini era el amante que aparecía en sus sueños y a suponer que estos se harían realidad.

¿Cómo podía haber sido tan estúpida?

Al fin y al cabo, sabía que él no la quería, que era a Silvia a quien deseaba. Había visto con sus propios ojos aquella noche en la recepción que, a pesar de todo, seguía habiendo pasión entre ellos.

¡Por Dios! ¿No se había marchado de Vostranto por eso y por la humillación que implicaba? ¿No había abandonado a Angelo para siempre?

Sin embargo, él había hecho que creyera que era hermosa, deseable, cuando lo único que estaba haciendo era divertirse. O aún peor, vengándose de ella por rechazar que le hiciera el amor.

Le había demostrado que era exactamente igual que las demás mujeres que compartían su cama, que era exactamente igual de fácil seducirla y abandonarla después.

Y recordó con dolor, mientras volvía a leer la carta que ya se sabía de memoria, que él deseaba terminar. Había ido a Porto Vecchio a ofrecerle el divorcio. Era la primera vez que sucedía algo así en la historia de los Manzini, lo cual daría mucho que hablar en Roma.

Pero concederle la libertad que ella le había pedido no era una acción altruista por su parte. Tenía sus razones para querer que aquel falso matrimonio terminara, a pesar del escándalo.

Ella no dudaba que Silvia era uno de los temas de discusión que todavía no habían tocado. Su prima tenía que ser la causa de que él quisiera recuperar su libertad sin importarle las consecuencias.

«Eso «, pensó con tristeza, «y el que no haya podido darle el hijo que me pidió».

Recordó a Silvia mirando con avaricia el lecho de Vostranto, confiada en su belleza y en el poder de su sexualidad para recuperar a Angelo y convertirse en la condesa Manzini como siempre había deseado.

«Entre los dos me han destrozado la vida. Y no puedo hacerle frente de manera racional. Me resulta imposible».

Y sin embargo, después de que Angelo hubiera viajado hasta allí para darle el golpe de gracia, un oscuro capricho pasajero había hecho que pospusiera su decisión. Ocultándose bajo otro nombre y otra identidad, Angelo había jugado con ella mientras destruía su capacidad de razonar y de estar alerta como hubiera debido.

Pero el juego había terminado.

Al menos, ella no le había dado la oportunidad de que fuera él quien lo acabara. En el momento en que él había insinuado que no podían continuar como estaban, ella había actuado con rapidez y decisión. Podía estar orgullosa de no haber esperado a que se dictara sentencia.

Y aunque hubiera cambiado de opinión poco después e ido a buscarlo, él nunca se enteraría de su lamentable debilidad ni sabría que, sin él, su vida no tenía sentido.

Había cambiado las sábanas para que no quedara ningún rastro de su colonia que se lo recordara y le hiciera extender la mano buscándolo en la cama.

Pero no le había servido de mucho, ya que él no estaba solo en el dormitorio, sino en todas partes.

Ni siquiera podía acercarse al fregadero sin recordar que él llegaba por detrás y la abrazaba por la cintura y la besaba en la nuca.

Se había dado cuenta de que la libertad que exigía era una ilusión, que su corazón y su mente estaban encadenados a él. Y que Casa Bianca había dejado de ser un santuario para convertirse en una prisión.

Trató de determinar el día, la hora en que había empezado a desearlo, y se dio cuenta de que había sido mucho antes de lo que había reconocido, antes de que le impusieran la pesadilla de su matrimonio.

«Era como una niña que llora porque quiere agarrar la luna sabiendo que es imposible. Yo seguía siendo lo que siempre había sido: la prima pequeña de Silvia Alberoni», pensó con tristeza.

«Levanté todas las barreras posibles contra él, insistí en mantener la distancia y me dediqué a trabajar como si me fuera la vida en ello. Traté de no preguntarme dónde estaba él y con quién cuando estaba en Roma. Luché contra la alegría que me producía su vuelta y contra todo estremecimiento cuando estábamos a solas para que no adivinara la verdad».

«Y luego hui creyendo que lo hacía por la humillación de ser apartada como una esposa a la que él no deseaba y pensando que así no se me partiría el corazón».

«¿Por qué me siguió? ¿Por qué no dejó todo en manos de sus abogados?».

Tres días después, seguía sin encontrar respuestas a esas preguntas ni a las restantes que la atormentaban.

Aparentemente, su vida seguía igual. Se obligó a seguir trabajando para cumplir sus compromisos.

El tiempo seguía borrascoso, pero salía a pasear con Poco y evitaba las preguntas de la *signora* Alfredi sobre la vuelta de su apuesto amigo.

En la mañana del cuarto día, después de desayunar, llamaron a la puerta.

El corazón le dio un vuelco y durante unos segundos se la quedó mirando mientras se daba cuenta de lo que esperaba y se despreciaba por ello.

Volvieron a llamar con impaciencia y Ellie fue por las llaves.

Abrió y tuvo que ahogar un grito al ver quién era.

–Así que estás aquí –Silvia entró y se dirigió al salón–. Empezaba a dudarlo. ¿No vas a pedirme que me siente ni a ofrecerme un café?

Ellie se quedó donde estaba.

–¿A qué has venido?

–A hablar contigo, por supuesto. A tratar de los detalles que a los hombres les resultan difíciles. Pero, veamos. Estás de acuerdo en que tu matrimonio con Angelo ha terminado.

–Creo que eso es asunto de él y mío –respondió Ellie sin alterarse.

–En absoluto. Como tercero en discordia, tengo derecho a saber lo que habéis planeado para contribuir a una rápida y satisfactoria conclusión –dejó el abrigo sobre el sofá y se sentó–. Supongo que es lo que tú también quieres.

Ellie se acercó a la mesa y apoyó las manos en ella.

–¿Y qué hay de Ernesto? ¿Qué piensa de todo esto?

Silvia se miró las uñas.

–Como estás aquí encerrada, no sabes lo que sucede en el mundo. Ernesto y yo ya no estamos juntos y pronto nos divorciaremos. Cuando supo que iba a tener un hijo de Angelo, se dio cuenta de que no podía seguir teniéndome a su lado.

El corazón de Ellie dejó de latir. Miró a Silvia y supo que nunca olvidaría el brillo triunfal de sus ojos ni su sonrisa burlona.

–No te creo.

–¿Lo dices porque antes no me atraía la idea de tener hijos? Es verdad, lo reconozco. Pero nadie sabe mejor que tú, Elena, lo mucho que desea Angelo un heredero. Y me he dado cuenta de que, cuando amas a un hombre, deseas darle todo lo que quiera. Así que eso es lo que he hecho, y él está encantado.

Ellie miró al suelo y se mordió los labios hasta hacerse sangre,

–Naturalmente, vamos a casarnos lo antes posible. Así que le sugerí a Angelo que viniera aquí a hablar contigo para convencerte. Cuando se empeña en algo, es imposible oponerse a él, ¿no te parece? Y ahora les ha dicho a sus abogados que su método tuvo éxito –se echó a reír–. Siempre ha creído que el fin justifica los medios y, según creo, ha hecho lo que ha querido contigo. Pero pensamos que, por su abuela y también por nuestra madrina, lo mejor es que se anule vuestro matrimonio. Al fin y al cabo, ninguno de los dos quería casarse, así que resultará sencillo.

–No entiendo de estas cosas –Ellie se asombró de que no le temblara la voz–. Pero firmaré lo que haya que firmar, si eso es lo que has venido a oír. Y ahora quiero que te vayas.

Silvia se levantó sin prisas estirándose la falda.

–Pareces molesta. Aunque es una situación incómoda, no hay necesidad de que nos sintamos violentas. Lo que Angelo ha hecho, lo ha hecho por mí y por nuestro futuro. Así que no me duele el tiempo que ha pasado contigo ni cómo lo ha pasado. Y te deseo lo mejor.

Ellie no contestó. Consiguió llegar a la puerta y abrirla para dejar salir a su prima. La cerró y echó la llave.

Después, fue al cuarto de baño y comenzó a vomitar.

–¿Vas a vender Casa Bianca? –su vecina la miró con incredulidad–. ¿La casa de tu abuela donde has sido tan feliz? No puedes hacerlo.

–Debo hacerlo. Ha sido maravilloso venir aquí

todos estos años, pero nada es eterno y mi vida va a ser muy distinta de ahora en adelante. Lo más probable es que busque trabajo en Inglaterra y me quede a vivir allí. Así tengo que venderla. Van a venir a tasarla esta tarde. Quería decírselo personalmente.

—Pero Italia es tu hogar. Tus amigos y tu familia están aquí.

—Encontraré otro hogar. Necesito un cambio. Llevo un tiempo pensándolo.

—Sí, desde que tu apuesto amigo se marchó. A mí no me engañas, Elena. Así que, si vuelve y no estás aquí, ¿cómo te encontrará?

—No lo hará. Tengo que preocuparme de mi vida.

—Pero eras feliz con él. Se veía a la legua. Ahora paree como si te hubieras apagado. Y aquí. te echaremos de menos. Poco se sentirá muy desgraciado.

Ellie se agachó para acariciarle las orejas.

—Tal vez a tus nuevos vecinos les guste pasear —le susurró.

Al volver a casa, pensó que no iba a ser fácil alejarse de todo aquello. Pero tenía que hacerlo. No podía quedarse ni volver a Roma.

Debía encontrar un sitio donde esconderse hasta que la herida que Silvia le había infligido con tanto desdén se le curara. Un sitio donde su prima no pudiere encontrarla. Ni Angelo.

«En nuestra próxima reunión…».

Esas palabras de la carta de Angelo, que había roto y quemado, la habían obligado a actuar de modo tan drástico, porque la idea de tener que volver a verlo, aunque fuera brevemente y en el ambiente formal del bufete de un abogado, le resultaba insoportable.

Su inimaginable traición la había dejado vacía y

llena de dolor. También le resultaba incomprensible, ya que él sabía por la nota que le había dejado que quería el divorcio. No había necesidad de que la «convenciera» con o sin la aprobación de Silvia.

Así que, ¿por qué se había empeñado en seducirla? ¿Por qué había fingido tanta ternura y tanto deseo? Su conducta había sido cínica, perversa e imperdonable.

Pero a quien tenía que perdonar sobre todo era a sí misma por permitir que hubiera sucedido.

Si él necesitaba estar seguro de que ella hablaba en serio, ¿por qué no había sido sincero con ella y le había dicho que había vuelto con Silvia, que estaba embarazada? Le habría hecho mucho daño, aunque no la hubiera sorprendido. Era un golpe que se esperaba. Pero el dolor que sentía en aquellos momentos era mucho mayor.

Y ese no era su único tormento. Porque odiarlo como lo odiaba, no la volvía inmune contra él, sino que tenía que aceptar la humillante verdad de que no se atrevía a volverlo a ver; que la ira y la tristeza que le causaban su traición tal vez no fueran una protección suficiente; que si le sonreía, se acercaba a ella o la tocaba, no estaba segura de darle la espalda.

Necesitaba otro refugio donde nadie pudiera encontrarla, ni siquiera su madrina. Y cuando supieran el motivo de su repentina desaparición, nadie podría culparla.

«Y fueron felices y comieron perdices». Ellie cerró el libro y miró el semicírculo de caras embelesadas frente a ella.

–Más, *signorina*, más –le pidió el coro de voces.

Pero ella negó con la cabeza.

–Es casi la hora de comer. Si llegáis tarde, la madre Felicitas os dirá que se acabaron los cuentos.

A pesar de lo exagerado de la amenaza, los niños la aceptaron y se marcharon.

Ellie metió el libro en el bolso y se levantó. Fue a la ventana y miró la maravillosa vista de verdes colinas y campos llenos de amapolas. La ciudad más cercana era una mancha en el horizonte.

Debajo de la ventana había un patio pequeño con una morera que daba sombra a un banco de madera y que se había convertido en uno de sus sitios preferidos.

Pensó que el convento era el refugio perfecto. Y nunca podría pagarle a la madre Felicitas que se lo hubiera ofrecido y le hubiera hecho tan pocas preguntas.

Cuando le dijo que su matrimonio había terminado, ella se limitó a manifestarle su preocupación. Y también había accedido a su petición de que nadie supiese que estaba allí, pero con una condición.

–Entiendo que necesites tiempo e intimidad para pensar en el futuro, querida niña. Pero si alguien me pregunta directamente si estás con nosotras, no mentiré.

–Eso no sucederá –respondió Ellie.

Y no había sucedido. Seis semanas atrás, cuando aún estaba en Casa Bianca, escribió a la abuela de Angelo y a la princesa para decirles que estaba bien y contenta, pero que necesitaba estar sola y que no se preocuparan por ella.

Su habitación, en la zona del convento que albergaba el orfanato y la escuela, era agradable, aunque algo espartana.

La madre Felicitas le había puesto una mesa y una silla para que pudiera seguir trabajando. Pagaba por el alojamiento y la comida y, además, ayudaba en la escuela dando clases de inglés a los niños mayores y leyendo sus propias traducciones de cuentos populares a los más pequeños.

La agencia inmobiliaria encargada de vender Casa Bianca le enviaba el correo, pero aún no había recibido documento alguno para iniciar el divorcio.

Era evidente que los abogados de Angelo no tenían la misma prisa que Silvia para iniciar el proceso, aunque Ellie estaba perpleja por el retraso. Aparte de otras cosas, el orgullo de Angelo exigiría que su heredero naciera dentro de un matrimonio.

La situación le resultaba inquietante. ¿Cómo podía volver a empezar o hacer planes para el futuro sin haber resuelto ese asunto?

A pesar de la paz conventual, la tensión de la espera estaba afectando a su salud.

La comida era buena y abundante, pero no tenía apetito y había adelgazado. Se sentía generalmente cansada y tenía problemas para dormir. Además, con frecuencia, le entraban ganas de llorar.

Había consultado sus problemas a la enfermera del convento, la hermana Perpetua, y esta le había recomendado aire fresco y ejercicio.

Ellie siguió su consejo, pero esa mañana se había despertado con dolor de cabeza y náuseas, como si hubiera pillado un virus.

«No puedo ponerme enferma», se dijo. «Bastante

tengo con lo que tengo, y no quiero ser una carga para las monjas».

Estar con los niños la había animado, como sucedía siempre, y el dolor de cabeza se le había pasado. Pero no tenía ganas de comer. Tal vez debiera saltarse la comida e ir a descansar.

Al dejar de mirar por la ventana, la madre Felicitas entró con un sobre en la mano.

—Es para ti.

Ellie vio que era de la agencia inmobiliaria de Porto Vecchio. Quizá hubieran vendido Casa Bianca, de lo cual se alegraría. Pero no eran esas las noticias que esperaba.

Abrió el sobre y sacó un folio escrito a máquina.

Leyó que muchas personas se habían interesado por la casa, pero que habían aceptado la excelente oferta en metálico, por encima del precio estipulado, del conde Angelo Manzini.

Ellie lanzó un grito ahogado. Se volvió hacia la madre Felicitas y dijo con una voz apenas audible:

—Mi casa. Ha comprado mi casa para ella…

Y se desmayó.

Capítulo 13

NO me pasa nada –protestó Ellie–. No debería estar en la enfermería. Solo he sufrido un shock, y por eso me he desmayado. No estoy enferma.

–No, no –la madre Felicitas le acarició la mano–. La hermana Perpetua me ha asegurado que los primeros síntomas de embarazo suelen ser desagradables, pero no graves.

Ellie no habría experimentado un horror mayor si hubiera explotado una bomba en la enfermería.

–¿Un hijo? ¿Voy a tener un hijo? No puede ser.

–La hermana trabajaba en ginecología antes de venir al convento. Me ha dicho que ya lo sospechó hace una semana. Y sucediese lo que sucediese en el pasado, se lo debes decir a tu marido.

–No –Ellie se incorporó en la cama, alarmada–. No puedo hacerlo.

–Pero llevas en tu vientre el heredero de un importante apellido. No puedes guardarlo en secreto. El conde Manzini debe saber que va a ser padre.

–Sería lo último que querría oír –susurró Ellie–. Créame, se lo suplico, madre, y no me pida explicaciones –y comenzó a llorar en silencio.

Exhausta emocionalmente, durmió mejor aquella noche y se levantó más tranquila y llena de determinación.

Se olvidaría del pasado y emplearía el dinero que Angelo había pagado por Casa Bianca para empezar una nueva vida en Inglaterra.

Él ya lo tenía todo: su orgullo, sus recuerdos, su casa y su amor, a pesar de que ella tratara desesperadamente de negarlo.

A la hora de la comida, tomó un tazón de sopa y un poco de pasta y fue a sentarse bajo la morera. Era una tarde bochornosa en la que ni los pájaros cantaban.

Al oír los ladridos excitados de un perro, pensó que estaba soñando.

Pero allí estaba, corriendo hacia ella mientras movía la cola y cambiaba los ladridos por gemidos.

Ella se levantó de un salto.

—¡Poco! —susurró—. ¿Qué haces aquí?

Y luego se percató de que alguien lo seguía, un hombre alto y delgado, vestido con vaqueros y un polo negro, que la miraba.

«Oh, no», gimió para sí. «No es verdad. Esto no puede estar pasándome».

Sabiendo que su aspecto dejaba mucho que desear, cruzó los brazos en actitud defensiva.

Angelo se detuvo con expresión resignada al ver el gesto.

—*Buona sera*, Elena. ¿Cómo estás?

—Hasta que has llegado, muy bien.

Observó que estaba más delgado, que se le marcaban más los rasgos de la cara y que tenía los ojos sombríos. Pero no debía fijarse en esas cosas ni consentir que le dieran pena.

—Me han dicho que has comprado Casa Bianca —dijo con voz tensa—. Si quieres regalársela a Silvia, has malgastado el dinero porque nunca le ha gustado Porto Vecchio, ni siquiera de niña.

—La he comprado para mí. ¿Quieres saber por qué?

—Supongo que porque es una forma de darme dinero que no puedo rechazar. Pero da igual. La casa ya no es mía y pronto me marcharé –hizo una pausa– . ¿Cómo me has encontrado? ¿Se ha puesto en contacto contigo la madre Felicitas a pesar de que me prometió que…?

—No, nadie se ha puesto en contacto conmigo. Vi unas cartas en la agencia inmobiliaria dirigidas al convento y recordé que te había visto hablar con la madre Felicitas en la última recepción a la que fuimos juntos. De pronto, después de semanas de búsqueda infructuosa, todo encajaba. He venido a preguntar por ti, y la madre me ha mandado aquí.

Ellie se inclinó a acariciar a Poco. Se había ruborizado.

—¿Me estabas buscando? ¿Por qué? Nos habíamos despedido.

—Dijimos muchas cosas –contestó él con brusquedad–, pero no sé cuántas eran verdad.

—Pues yo ahora sé la verdad –no lo miró, sino que siguió con la vista clavada en Poco.

—Si te refieres a la carta que te mandé, la escribí porque estaba dolido y enfadado. Lo lamenté inmediatamente e intenté que no la recibieras, pero era demasiado tarde. Y cuando pude volver a Porto Vecchio, habías desaparecido.

—¿Con qué derecho estabas dolido y enfadado? –alzó la vista para mirarlo acusadoramente–. ¿O vas a negarme que volviste a Roma por mi prima Silvia?

—No niego nada. Contesté a una petición de ayuda

de mi abuela –Angelo se aproximó a ella–. Silvia se había presentado en casa de la abuela Cosima. Estaba histérica y gritaba que yo había destruido su matrimonio y que el honor exigía que le ofreciera mi apellido a ella y al hijo que esperaba. Era una emergencia y tuve que marcharme –sonrió levemente.

–¿Te resulta divertido?

–La mayor parte de las cosas absurdas lo son.

–¿Y Ernesto? ¿Y su humillación? ¿Eso también te hace gracia?

–Ernesto no sabe nada, y dudo que le importe Ha puesto fin a su matrimonio públicamente al dejar a tu prima por su secretaria. Son amantes desde hace tiempo y creo que se van a casar. Me temo que la única humillada es Silvia.

–Pero él la adoraba –protestó Elena.

–Tal vez antes. Pero su pasión por ella, al igual que el hijo que Silvia afirma estar esperando, son producto de la imaginación de tu prima.

Ellie inspiró profundamente.

–¿No está embarazada?

–De mí, no. Ni de nadie. Cuando le dije que se sometiera a una prueba de ADN, acabó reconociendo que no estaba segura de su estado; es decir, mentía.

–Pero vino a verme y me dijo que seguíais siendo amantes y que necesitabas divorciarte cuanto antes.

–¿Y la creíste, a pesar de todo lo que ha hecho? ¿Y a pesar de lo que nosotros hemos sido el uno para el otro? –preguntó él con incredulidad.

–Pero sabía lo nuestro, lo sabía todo. Me dijo que habías actuado así conmigo por ella, para convencerme de acceder a lo que quisieras.

–Y eso hice, *carissima*, pero por mí, no por ella.

–Pero ¿cómo sabía lo que había pasado entre no-sotros?

–Muy sencillo. En Porto Vecchio sospeché que me espiaban y así era: una mujer que se hospedaba en el hotel estaba siempre donde estuviéramos noso-tros. Se lo dije a Ernesto, quien me contó que había descubierto un cargo en la tarjeta de crédito de Silvia a cuenta de una agencia de detectives, y que había creído que lo espiaba a él. Era evidente que Silvia buscaba pruebas de mi infidelidad para crear proble-mas entre tú y yo. En vez de eso, descubrió que tenía una aventura con mi esposa.

Ellie apartó la mirada.

–O que fingías tenerla. Pero seguías deseando a Silvia. Os vi en la recepción. Vi cómo te miraba y cómo le sonreías.

–El lenguaje del cuerpo puede ser engañoso. Aun-que pareciera que charlábamos amigablemente, le es-taba diciendo que perdía el tiempo, que lo nuestro ha-bía terminado y que no quería que volviera a acercarse a mí.

Ellie tragó saliva y trató de ordenar sus pensa-mientos.

–¿Dónde está Silvia?

–Con tu madrina, aunque creo que el príncipe Da-miano está harto de sus escenas y rabietas y le ha or-denado que se vaya.

–Y las órdenes del príncipe se obedecen, como sé por propia experiencia.

Angelo se aproximó más a ella.

–¿Ha sido siempre nuestra vida tan insoportable? ¿Puedes afirmarlo mirándome a los ojos?

Ella seguía sin mirarlo.

—No querías casarte conmigo. ¿Por qué no dejaste que me fuera? ¿Por qué me seguiste?

—La verdad es que no quería casarme con nadie. Acepté por la presión familiar y para cumplir con mi deber, pero estaba furioso por la trampa que Silvia nos había tendido. Todo cambió cuando te convertiste en mi esposa, Elena. Vostranto se transformó en mi hogar, un sitio al que deseaba volver, a pesar de que me trataras como a un desconocido y apenas me dirigieras la palabra.

Lanzó un brusco suspiro y continuó hablando.

—Me dije que buscaría consuelo en otra parte; incluso lo intenté, pero pasaba las noches solo. Cuando aceptaste compartir la cama conmigo, me sometí a tus condiciones porque, en mi arrogancia, creí que te convencería de que te entregaras a mí. Pero no fue así. Una vez me dijeron que el cuerpo femenino rechaza la semilla de un hombre al que no ama. Y comencé a preguntarme si me odiabas tanto, que no podías quedarte embarazada. Fue entonces cuando me di cuenta del infierno que era para ti nuestro matrimonio. Y cuando te fuiste, decidí que no podía continuar torturándote. Así que te seguí para decirte que dejaras de tener miedo y que no insistiría en que siguiéramos casados. Pero al verte en la playa, no te reconocí. Ya no eras reservada ni reticente, sino que cantabas y bailabas en el agua. Te habías convertido en alguien a quien quería conocer.

Ellie lo miró.

—Y me pregunté si las cosas no hubieran sido diferentes de habernos conocido en un lugar distinto y sin interferencias externas, si no nos hubiéramos enamorado. Decidí averiguarlo. Así que me convertí en Luca y te cortejé como si fueras Helen.

La tomó de las manos y se sentaron en el banco.

–He comprado Casa Bianca, amor mío, porque allí es donde he experimentado la única felicidad de mi vida, donde he descubierto el hechizo de hacer el amor a la mujer a quien se ama y de ser una esposo de verdad para mi adorable esposa, mi otra mitad. Pensé que lo que habíamos creado continuaría al volver a ser Angelo y Elena. Sin embargo, me topé con tu rechazo. Tal vez hubieras aprendido a aceptar que te hiciera el amor, pero no querías mi amor porque tu libertad era más importante que un futuro en común.

Ella trató de decir su nombre, pero él el puso el dedo en los labios.

–Regresé a Roma sintiéndome derrotado y vacío. Y me di cuenta de que estaba dispuesto a hacer lo que fuera para que volvieras conmigo –le apretó las manos–. Por eso he vuelto a buscarte, para pedirte que vuelvas y aprendas, si puedes, a quererme como yo te quiero y para que seas mi esposa para siempre.

Ellie vio incertidumbre y ternura en sus ojos.

–¿No ves que tenía que mantenerme a distancia porque creía que era la única forma de que no me partieras el corazón? Sabía que Silvia seguía deseándote y que estaba obsesionada con ser condesa. Me dijo que conseguiría que volvieras con ella, y yo la creí.

Ellie respiraba con dificultad.

–Toda la he vida he sido su sombra, y me dije que eso nunca cambiaría, que yo siempre sería la mujer que te habían impuesto. No podía soportar que me tocaras sabiendo que deseabas que fuera otra. Y me asustaba demostrarte lo que sentía realmente y que te burlaras de mí o, peor aún, me compadecieras. Entonces, al verte con ella aquella noche en la recepción, me di cuenta de que seguir viviendo así me resultaba imposible, de que, si querías que Silvia volviera contigo, tenía que marcharme para no verlo.

Se le quebró la voz. Angelo la abrazó con fuerza mientras le murmuraba palabras que ella jamás pensó que oiría.

–No puedo besarte como quisiera porque, si empiezo, no podré detenerme y no quiero ofender a la madre Felicitas –le acarició la mejilla–. ¿Volverás conmigo y con nuestro perro a Vostranto?

–¿Nuestro perro? ¿Has vuelto a secuestrar a Poco? –preguntó ella riéndose.

–No, no, *carissima*. La *signora* Alfredi se va a vivir con su hijo, y a su esposa no le gustan los animales, así que me ha ofrecido a Poco como regalo de bodas –hizo una pausa–. Y ahora, Elena, ¿me dirás lo que ansío oír, que me quieres y que seremos marido y mujer para siempre?

–Te quiero con todo mi corazón, Angelo. Siempre te he querido y siempre te querré. Y además, cariño, puedo demostrártelo.

Le tomó las manos, se las besó con suavidad y las acercó a su cuerpo, al sitio donde estaba su hijo.

Y la cara resplandeciente de Ellie le indicó a Angelo todo lo que necesitaba saber.

Bianca

Una pasión que Sienna jamás podría olvidar...

TRAS EL OLVIDO

MAYA BLAKE

Cuando Sienna, una mujer muy independiente, perdió la memoria, se vio transportada a las maravillosas noches pasadas con su exjefe, el poderoso empresario argentino Emiliano Castillo. Todavía no se había recuperado de la sorpresa causada por la noticia de que estaba embarazada cuando Emiliano la invitó a pasar unos días en una de sus islas.

Al darse cuenta de que Sienna no recordaba que habían roto su relación, Emiliano decidió asegurarse de que formaría parte de la vida de su hijo, ¡y de la de Sienna!, antes de que esta recuperase la memoria. ¿Iba a poder seducirla y convencerla de que su lugar estaba allí... en su cama?